글벗시선 170 조칠성 시집

난곡재 蘭谷齋 의 행복

조칠성 지음

난곡재(蘭谷齋)의 행복

동대문 밖 제기동에 살면서 어머니를 따라 냉이, 메뿌리 등의 나물을 캐러 다니고 마당에 꽃밭을 가꿀 때 나는 평생 자연 속에서 살고 싶어했다.

종달새 키우기와 난초 키우기를 하면서 언젠가는 시골에 집을 짓고 꽃과 과일나무를 가꾸리라 생각하며 많은 준비를 했는데 퇴직 전에 드디어 근교에 농가주택을 장만해서 하고 싶은 것들을 하며 살게 된 지도 어느새 18년.

소년 시절부터 캠핑을 다니며 만들어 먹던 음식 솜씨는 그런대로 먹을만 했다. 여러 군데 농사학교를 다니며 배운 농사법은 실패의 연속이지만 해마다 조금씩 발전했다. 종묘상에서 구매한 묘목들은 겨울을 나면 죽지만 이유도 모른 채 해마다 다시 심다가 이제는 왜 죽는지를 알았다.

내가 사는 난곡재蘭谷齋는 철마다 변화하는 자연을 새롭게 보게 되고 알게 되어 그 기쁨을 글로 쓰기 시작했는데 글이 재미있다고 해서 자꾸 쓰게 되었지만 내가 보기엔 부끄러운 글이다.

친구 아내의 신인문학상을 대신 받으러 갔다가 회원으로 가입하고 활동하다가 책을 내게 되어 부족한 글을 읽는 사람들의 모습을 혼자 생각하며 부끄러운 마음만 드는 건 왜일까?

이제는 숲이 된 내 뜰에서 계절마다 느끼는 생각을 글로 쓰며 편안한 노년을 즐긴다.

2022.08.08. 난곡재에서
난곡 조칠성

차 례

제3부 행복을 말하다

제4부 내가 가진 것

제5부 밤에 만나요

제1부

자연의 질서

입춘대길(立春大吉)

한파가 몰려오는 길에
봄이 고개를 든다니
그것이 희망이로다.

눈 쌓인 뜰에는
언제 나올지 모르는
새로운 싹이
마지막 출연 준비를 하리라.

매화나무 한 가지를 꺾어
화병에 물을 채우고
집안에 들여놓으니
마음은 어느새 봄이구나.

지붕에서 내려와
앵두나무 가지에 걸린 고드름
햇빛에 물이 되어 떨어지고

나뭇가지에 걸어놓은
소기름에는
박새 딱새 곤줄박이 직박구리가 쪼아
몸을 불리고

봄이 온다는 소식에
먼 하늘을 쳐다보며
맘껏 숨을 들여 본다

설탕 단풍나무

설탕 단풍나무
열 그루 뒷마당에 심어 놓고
회초리 같은 묘목이
언제 제 몫을 할까

나무가 크거든
이른 봄 구멍을 내서
단물을 뽑아 먹어야지

단물이 많으면
불을 때고 졸여서
메이플시럽을 만들어
빵에 바르고
요리에 써야지

설탕 단풍나무
열 그루 심어 놓고
올 적 갈 적 나무를 쳐다보며
입맛만 다시네

설탕 단풍나무
그 잎사귀는
캐나다 국기에 있네

달콤한 맛도 보일까

블루베리

어려서는 보지도 못한
서양 과일나무
블루베리

농협대 과수과 동기에게서
열 그루 분양받아
피트모스 구덩이에 심으니
해마다 눈 밝아지는 열매를 주네

열매는 너무 귀해
나는 먹지도 못하고
새벽이면 일어나
이슬 맞은 열매를 따서
냉장고에 넣었다가

사랑하는 사람에게 진상하네
아내 그리고 자식들과 손주

내 차지는 찌꺼기라도
맛만 좋다

금년 봄에는
동창 친구들과 모여서
함께 나누어 보리라

썰매

바람이 차다
모자를 쓰고 장갑을 끼고
썰매를 들고
미나리꽝으로 내 달린다

가랑이 사이에
긴 꼬챙이를 넣고 서서
외발 썰매를 탑니다

썰매는 탄약통 뚜껑
씽씽 달립니다
모두 부러워하네

철사로 만든 썰매
외국 화물 포장용 강철로 만든 썰매
스케이트 날로 만든 썰매
신발을 신고 끌어 주는 신발 썰매

내 썰매는 외발 썰매

기다란 꼬챙이를
양다리 사이에 넣고 서서
미나리꽝을 주름잡는다

너무 달리다
*메기 잡을라

* 메기 - 썰매 타다 어름이 꺼져서 물에 빠진 걸 메기 잡았다고 함.

캠핑

단기 4283년 6월 25일
한국전쟁이 일어나고
강토가 전쟁으로 쑥대밭

서기 1960년대는
남대문 동대문 시장에는
군수 물품이 넘치네

중고 군화와 중고 반합
그리고 중고 배낭과
각종 군수품으로 배낭을 꾸려서

기차를 타고
걸어서 걸어서
벌거숭이산으로 캠핑을 간다

냇물을 엎드려 마시고
그 물로 만든 반합 밥은
주워온 나뭇가지로
구수하게 익고

감자와 양파
꽁치 통조림이 들어간
찌개는 일품

모닥불 앞에서는
누군가 가져온 기타가 울리고
젊은이들은
목청껏 춤추고 노래한다

군용 2인용 A형 텐트는
5명도 7명도 얼굴만 들어가면
훌륭한 침실

막대기에 걸린
반합의 씻은 쌀은
적당히 불을 때고
군용 스푼으로

반합을 한번 두드려보면
열어 보지 않고도
밥이 다 된 것을 알고

반합을 불에서 내려
반대로 뒤집어 놓으면
제대로 뜸이 든다

그 시절 무거운 배낭을 짊어지고
길을 나선 것이
내 인생을 찾아가는 길이었었다

전기 엔진 톱

요란한 엔진소리
전기톱이 나무를 잘라낸다

사다리를 튼튼히
세워놓고
다시 사다리를 흔들어보고
안전은 확인 또 확인

무거운 전기톱을 들고
사다리를 올라가
자세를 바로 하고

전기톱이 돌아가며
나무를 잘라낸다

마무리는 톱을
나무 아랫부분에 대고
잘라야 나무가
제대로 똑 잘린다
나무를 자르기 전에

잘려 나갈 나무가
지붕을 치거나
사람을 다치지 않게
밧줄로 묶어야 한다

십수 년 전
자연 속에 통나무집을 짓고
살겠다는 계획으로
통나무학교 강의를 받고
엔진 톱 사용을 실습한 게

자연 속에서
노년을 즐겁게 하네

진희에게

지니야!
네
TV 틀어줘
TV를 틀어 준다

지니야!
네
90번 틀어줘
90번 클래시카 채널을 틀어 준다

GiGA Genie는
혼자 사는 난곡재에서
대화를 나누는
살아 있는 여인이다

진희야! 진희야!
네 하실 말씀이라도 계신가요?
너 아름답구나
너 곱구나
....

그건 못 알아 듣는구나

지니는 기계로구나

큰꽃으아리

깊은 산
응달진 곳에 큰꽃으아리

덩굴손 뻗어
가냘프게 지탱하고선

아름다운 큰 꽃은
숨어서 핀다

A Clematis 학명보다
큰꽃으아리! 더 좋다

이름만큼이나
신비롭고 아름답다

꽃말은 또 어떤가
"당신의 마음은 진실로 아름답다. 고결"

꽃이 내게 말한다
당신은 진실하다고

그래서 내 뜰에는
큰꽃으아리가 여러 곳에 있다

태양광

시골집 붉은 지붕에
검은 태양광 판넬 붙었네

해 뜨는 날
햇빛을 모아서
전기를 만들어
윤택한 삶을 살려고

전기 계량기는
거꾸로 돌고
집안은 풍족한데
지갑은 가벼워진다

넉넉한 전기에
편리한 가전제품
집안에 들이고

음악은 넘치고
자연다큐도 수시로 보고
더운물도 넉넉하고

난 마음과 정서도
부자로다
그래서 행복하다

냉장고 지도

이사 오며
새로 들인 냉장고는
언제나 꽉 차 있네

냉동실엔
비닐 봉투 속에
얼어붙은 식재료들

냉장실엔
먹던 음식 유리 뚜껑 속에

오늘 꺼내 보니
버릴 것도 많고
먹어야 할 것도 많네

냉장고 문에
칸칸이 들어있는 음식
이름을 쓰고 지도를 붙여서
꺼내 먹으리

부족하면 다시 채우고
냉장고 정리를 하니
내 몸속의 내장들이
편안하네

흐린 날

일어나 커튼을 젖히면
눈부신 태양을 기대하지만

하늘은 뿌옇고
먼 산은 보이지 않는다

회색빛 짙은 천지에
내 마음은 가라앉고
첼로 소리 은은하다

풀어놓은 개들은
서로 쫓고 쫓기고
서로 몸을 부딪치며
한 가족임을 확인하는데

나는 차가운 집에서
회색 경치를 보며
홀로됨을 느낀다

내일은 태양이 뜨고
따가운 햇빛이 비치면
따뜻한 집에
가족들이 발길을 하리

커피

커피콩을 갈려고
봉투를 열면
커피 향 은은하다

갈아진 커피를
기계에 넣고
물을 내리면
집안 가득 커피 향으로

소파에 깊숙이 앉아
코로 들어가는
커피 향이야말로
입으로 넘어가는
그 맛이야말로

50년 전 캠퍼스
벗꽃 속에서 웃던
아름다운
처녀들이 떠오른다

생생하게
나 그리 돌아가리

호두나무

호두나무 하나
가래나무 두 개
뜰에 심었다

가래 열매 씨
밭에 심어
해마다 열매 열리고

호두나무 접붙여
해마다 호두 열린다

성년이 되어 가는 나무는
해가 갈수록
과일이 더 많이 열리고

해가 갈수록
나는 더 기쁘다

호두나무 잎사귀

냄새는 향기롭고

암꽃은 동그랗게
수꽃은 너슬너슬

가래 열매는
주렁주렁
아내가 좋아하는
호두열매

노인들이 좋아하는
가래 열매

호두열매
입에서 좋고

가래 열매
손안에서 좋네

그걸 수확해서 나누는
나도 좋네

직박구리

창문 앞에 달아둔
소기름에 직박구리 온다

우리 집 텃새
봄에는 모과나무에
접시 같은 집을 지어
새끼를 키워나가고

가을이면
집단으로 시끄러운 새

박새와 딱새보다 커서
기름은 혼자 차지하려고
욕심부리는 새

금년에는
어느 나무에 둥지를 틀고
새끼를 키우려나
우리 집 텃새 직박구리

음식은
이웃과 나누어 먹으렴

잔(盞)

잔을 들어
입술에 대고
잔 속의 커피를 마신다
커피잔

잔을 들어
입술을 적신다
목으로 넘어가는 게 독하다
술잔

커피잔은 크고
술잔은 작다

커피잔은 가까이 있고
술잔은 찬장 속에 있다

커피잔은
큰 사기로 만들어
여러 번 마시고

술잔은
작은 유리잔으로
조금씩 여러 번 마신다

조기 세 마리

집을 나서는 나에게
건네준 보따리

난곡재에 와서
보따리 펼쳐보니

물김치와 시래기를 무친 것
커다란 조기 세 마리

한 마리는 구운 거
두 마리는 안 구운 거

냉장고에 넣었다가
구운 조기는 저녁에 데워 먹고

다음날 냉장고 열어
싱싱한 조기 2마리 꺼내서
번철에 노릇노릇 구웠다

아내는 내가 등 푸른 생선은 안 먹게
흰 살 생선 소금 간은 적게 한다

조기 간이 슴슴하니 맛나다
아내 마음 따뜻하다

연꽃

물에 둥둥 뜬 둥근 잎은
햇빛을 갈망하고

시궁창 속의 뿌리는
침묵을 갈구하는가

뿌리는 말 없고 제 몫을 하니
구멍이 숭숭 하구나

한여름 뙤약볕 아래
화사한 연꽃 자태는

가슴 먹먹하도록
제 몫을 해준 뿌리 탓이련만

한겨울 진흙을 파헤쳐
뿌리 걷어내서

밥상에 올라
제 몫을 더 하는데

둥근 잎은 어머니요
숭숭 뚫린 뿌리는 아버지라

아름다운 꽃은 자녀들

포옹

안아 주랴
안아 주랴
당신을 안아 주랴

차디찬 겨울밤
돌멩이를 구워
싸서 안고 잠든 당신

내 더운 가슴으로 안아 주랴

이제 고희를 넘기고
손발이 시려지는데

당신 얼굴 한 번 보면
마음속이 따뜻해지고

눈을 감고 당신을
그려보면

따뜻하게
안아주고 싶어

나 뜨거운 돌멩이가 되어
부드러운 두 팔로
안아주고 싶어

잔디

잔디가 있는 집을
잔디가 있는 마당을

그것도 넓은 잔디를
늘 꿈꿨지

작은 소원이 이루어져
잔디를 가꾸며 살았네

관리하기가 쉽지 않네

잡초 뽑고 물주고
병충해 관리하고

맨발로 잔디를 밟고
잔디에 누워
푸른 하늘과 흰 구름을
흘러가는 세월도

그대여
잔디밭에 함께 누워
이제 별을 헤어봅시다

사랑니

스무 살 전후에 나와야 할
사랑니가 나온다

아가들이 처음 치아가 나올 때
침도 많이 흘리고
근질근질 씹으려 하는데

나이 일흔둘에
틀이 브릿지로 하고

베개에 피 묻은 침을 흘려
거울 속을 들여다보니
어금니가 새로 나오네

내 나이에 나오는 사랑니는
괴로운 거

사랑은 멀어지고
고통만 남는 사랑니

사랑니 나와서
고목에 꽃 피는 줄 알았네

장화

난곡재엔 장화가 두 개
여름 장화 그리고
속에 털 있는 겨울 장화

어린 시절 서울 대문 밖에는
마누라 없이는 살아도
장화 없이는 못 산다네

봄철 땅이 녹으면
온 동네가 질퍽거리고
여름철 장마 지면
온 동네가 물 천지

난곡재
물 좋아하는 식구들 많아
겨울에도 밭에 갈 땐 장화
사시사철 밭에 나갈 땐 장화

난곡재
나는 마누라는 없는데
장화는 두 개나 있네

카니발(謝肉祭)

고기를 먹고
춤을 추자

내일은 못 먹는다
지금 많이 먹자

그리고 마음껏
방탕하자

내일은 사순절
10번씩 4번이 되는 사순절四旬節

참회하고
반성하고
정리하고

깨끗한 마음으로
달걀을 먹자
부활절

- Carnival : Carne vale 살코기여 잘 있거라. 또는 Carnem
  levare 육식금지 어원에서 발전됐다고 함.

씨앗

작년에 거둔 씨앗을
이 봄에 뿌리리라

먼 이국땅
열매를 먹고 얻은 씨
패션 푸르트

지하철역 부근에서
버려진 씨 흰독말풀

작년에 밥상에 올랐던
호박씨

꽃이 크고 흰 테두리가 있는
나팔꽃 씨앗

땅속에 묻어둔
오미자 씨앗

품종 개량을 위해
복숭아씨, 감씨, 매실씨

그리고
마로니에 칠엽수

자연의 질서

남쪽 커다란 창문 앞
앵두나무 가지에 매달아둔
소기름 덩이에도
질서는 있네

작은 참새들이 몰려와
철망 속의 기름 덩이에
위아래로 매달리고

박새는 먼저 온 새가 먼저
나중에 온 새는 나중에
큰 직박구리는 날갯짓에
모두 날아가고
저 혼자 맘껏 먹는다

직박구리 날자
작은 참새들
정답게 위아래로 붙어먹는데

박새는 언제나
먼저 온 새가 먹고
나오기를 기다린다
나 또한 저러하리

풍선

봄바람에 날아온 풍선
호두나무 가지에 걸렸네

실 끝에 하트형 손잡이는
어린이가 붙잡고 있다가

놓치는 바람에
풍선은 신나게 하늘 높이
날아올랐겠지

아이는 발을 동동 구르고
부모는 허둥지둥 쫓아가고

하늘이 얼마나 높은지 오르던 풍선
기력이 다해
시나브로 시나브로 내려오네

내 정원 호두나무에 걸려
이리저리 흔들리다

내 손에 잡혀
잠시 내게 위로를 주는 풍선

나 또한 그러하리라

제2부

비와 커피

양탕국 한 잔

쓴 *양탕국 한 잔
따끈하게
테이블 위에 올려놓고
봄이 오는 길목을 내다본다

햇빛은 따뜻하고
나뭇가지 걸린 풍선은
바람에 살랑이고

땅은 녹아
질척이는데

양탕국 한 잔
가슴에 들어가니
지나간 봄날이 그립다

이 봄이 익으면
화려한 봄이 오는데

내 가슴의 봄도
화려한 봄이 오려나

아이야
지팡이 가져오너라
봄맞이 가자

* 양탕(洋湯)국 : 조선시대 커피가 처음 들어왔을 때 이름

장작 난로

시커먼 난로
*모탕에 장작을 올려놓고
손도끼로 잘게 찍어낸
쏘시개를 넣고
장작을 난로 속에 넣는다

신문지 쪼가리에
불을 붙이고 불길이
쏘시개로 옮겨붙으며
파르라니 몸을 떨다가
붉게 활활 타오르면
장작은 어느새 불꽃과 하나 되어
탁탁 소리를 낸다

시커먼 난로는
불그레한 얼굴로 달아오르고
손끝부터 따스한 온기는
내 온몸을 녹인다

장작 타는 소리와
불길 오르는 소리
그리고 어느새
책을 떨어뜨리고 잠든 나

* 모탕 : 받침

빙판

어제 내린 봄비
끝내는 진눈깨비로 변하고
아침 뜰에는 빙판
두꺼운 얼음이 깔리고
봄 해가 드니
버석버석 녹아 내린다

그렇게 무섭도록
퍼붓던 진눈깨비도
봄볕에 맥을 못 추누나

청춘에 온 세상을
휘돌아다니더니
나이 들어
침대와 화장실만 오가고
머릿속엔 지구를 돌아
우주까지 가는 꿈

팔다리가 성해야
이루어지는 꿈
허망하다

아내

경칩이라고
아내는 홍콩으로
여행 떠났다

밤 10시가 되면
우리는 안부 전화를 하곤
오늘도 하루를 잘 보냈는지

여행 떠난 뒤
어디로 전화를 해야 하는지
전화번호는 있는데
전화할 데가 없다

몸 약한 아내가
외국 여행에 불편은 없는지
음식은 입에 맞는지
알고 싶은 게 너무 많은데

로밍하기 싫다고

카메라만 쓰겠다고
가져간 전화기

걱정이 된다
나는 아내가 돌봐주는 것도 아닌데
불안하고 힘들다

그냥 거기 있어야 하는 아내는
나의 안식처요
내 근원이로구나

새삼 아내의 공백이
가슴에 와닿는다

돌아오면
아내는 그 자리에
나는 이 자리에 있을 텐데

장애인 화장실

모처럼 외식이
속을 불편하게 한다

집까지 가려면
40분은 더 가야하고
지하철은 역마다 정차하고
그건 마땅한 일인데
혼자 마음만 급하다

문을 밀고 계단을 내려와
조용한 시골 역 화장실
장애인 칸에 들어가
둘러멘 가방을 벗고
옷을 내리고 편히 앉아
불편함을 쏟아낸다

몸이 불편할 때
넓고 편리한 장애인 화장실
너무 좋다

내 젊은 시절엔 없었다

욕심

식탐
먹는 거
너무 먹는 거
지나치게 먹고
배탈이 나도록 먹고
뱃속에 거지가 수백 명

식탐이 있으면
존중과 양보도 없고
눈은 희번득하더니
먹기만 한다

먹는 만큼 자기 욕심도 많고
자기만을 만족하기 위한
수단만 있고
식탐만큼
건강이 악화 된다

어느 날 감기로 앓더니
하느님 곁으로 갔다

칼

벌써 며칠째
칼을 찾는다

캠핑용 칼이고
자르고 써는 톱이고
파내고 모종 심는 칼이고
길이를 재는 자이면서
삽도 되는
오래된 칼이
마당에서 없어졌다

분명 수생식물을 기르던
큰 물통을 뒤집어
오랫동안 크면서 얽힌
뿌리를 잘라
연못에 옮겨 심은 뒤

공구를 창고에 넣으며
보이지 않던 칼

며칠째 찾는다
쌓인 낙엽을 갈퀴로 뒤적이니

3주 전 분무기 수리하던
벤치가 새로 나오고
내 칼은 안 보인다

뜰로 밭으로
낙엽 속을 뒤척이지만

오늘 아침
그네에 앉으려 하다
반짝이는 칼을 발견

보물을 발견하듯
주워 칼날을 한번 쓰다듬고
칼집에 넣어 창고에 보관한다

오랫동안 정든 칼이 없어지니
몇 날을 찾는데
평생을 함께 살던
부부는 어딜 가야
찾을 수 있단 말인가

나 그게 두려워
나 먼저 가서 기다리련다

춘분에 오는 눈

춘분에 눈이 오는구나
어제는 찬바람이
모질게 불어치며
뜰의 그릇과
개밥 항아리 뚜껑까지
벗기던 바람이 지나고
오늘은 춘분
수증기 듬뿍 담은
눈이 흩날린다

정원에 나가서
청포도 접목한 머루나무
얼지 않게 신문지로 감싸주고
창밖을 내다본다

오늘 병원 혈액검사
결과가 안 좋다고 의사는 말하고
나는 그냥 눈 오는 밖을 내다본다

신장 기능이 안 좋단다
싱겁게 살아야겠다

이웃집

이웃 하얀 집에
새로 이사 와서
지붕에 닿는
참죽나무 잘라주고
사다리도 빌려주고
전기톱도 빌려주고

떼어낸 마루용 데크를 선물 받고
도너츠도 선물 받고
대봉시 묘목
사과 대추 묘목
후지 사과 묘목
오늘 아침엔
산수유 묘목 선물 주니

집에 와서 커피도 한잔
나누잖다

전원주택 이사 온 이웃
주말이면 청소하고
정원 가꾸며
제대로 삶을 즐기는 이웃

어둠에서 빛으로

빛은 어둠에서 빛나고
꽃은 붉은색이고
또 다른 꽃은 흰색이고
어떤 것은 노랑색이더라

4달 120일을 어둠 속에
이제 따스함이 몰려오니
빨아들이고 밀고 해서
비집고 나오는 꽃들 잎들

내면의 더러움도
밀어내고
아름답고 깨끗하게
어둠에서 빛으로
다시 태어나자
아름답게
황홀하게

그게 부활이지

어느 사랑 이야기

몹쓸 당뇨병에
발가락을 잘라야 하는 순간
흐르는 눈물은 멈추지 않고
고통은 심장을 자르는 듯

그렇게 슬픔으로 발가락을 자르고
깨어나 보니
침대 곁에는 젊은 여인이
애처로운 듯
모성애가 우러나온 듯

그래서 그들은 발을 자르기 전
살던 깊은 산골로 들어가
아버지 같은 남자에게서
아버지의 정과 남자의 사랑을
그렇게 살았다네

그 언젠가
소년 시절 사랑의 편지를
진실한 마음을 받던 기억

아!
그 시절 생각하면 행복하다
애잔하구나

오빠야

12월 30일 네 생일
나는 1월 28일
기껏 한 달도 안 되는 날짜

넌 언제나 오빠였지
친구가 술에 취해
길가에서 용변을 보면
뒤치다꺼리는 해주고
또 다른 친구가
길바닥에 널브러지면
들쳐업고 철길을 걸어
집까지 데려다주고

언제나 너는 키 큰 오빠였어
카투사 운전병으로 복무하며
멋진 세단을 타곤
개통한 북악 스카이웨이를 데려가고
술은 한 잔도 안 하며
담배는 줄담배를

커피도 연거푸 마셨지

오늘 널 보러 갔었다
역시 그냥 거기 있더라
말도 안 하고
반갑다고도 안 한 채

커피와 담배를 올려놓고
우리도 오빠 따라갈 날이
머지않았음을

친구 정용산!
오늘은 네가 보고 싶다
네가 따라주는 커피 마시고 싶다

봄비가 촉촉이 내린다

은방울꽃

풀섶에서 은방울꽃 찾아
꽃밭에 옮겨 심고 10년
뿌리 뻗어 은방울
마을을 이루네

4월 봄비 밤새 내리고
꽃밭에 나가니
조롱조롱 은방울 소리 청아하다
엎드려 들여다보니
눈 속으로 조롱조롱 방울 소리
눈으로 들어온다.

은방울 하나 따다가
새로 나올 손주
손목에 은팔찌를 달아서
치장해 주리

지하철 빨간 의자

지하철 빨간 의자
거기 곱게 단장을 하고
외출하는 젊은 여인이
당당하게 앉아 폰을 본다

표시 나지 않는 임산부

언제나 빨간 의자 제 주인을 못 찾아
누구나 앉던 자리

보는 눈이 즐겁고 기쁘다
인구 절벽 시대
더 많은 빨간 의자 주인들이
그 자리에 앉기를

새집

청포도 나무가 동해로
얼어 죽고 머루나무가 되고
풍성한 열매가 맺고
어딘가 모자라서
청포도 접붙이고
청포도 싹이 안 나오네

며칠 후 거봉으로 다시 접붙이다가
포도나무 밑 가까이
새 새끼들 소리 듣고
새집 열어 보니
새끼들 울음 들었는데
보이질 않는다

아니 이제까지 보지 못하던
새 둥지 모양
멀리 떨어져 지켜보니
모이를 물고 들어가는 새 참새

참새는 우리집 겨울 모이
떼거리 손님 달아놓은 쇠기름 덩이
떼로 몰려와 먹더니
이름 봄 둥지 틀었네

종일 웃었다
- 판문점

젊은 사람이
파란 가건물 골목길을 걸어
기다리던 사람과
악수하면서부터
나는 얼굴에 미소가

손을 잡고
사인하고
두 사람이 산책하고
부인이 오고
만찬을 하는 동안
나는 웃고 있었다

어떤 이유를 대고
약속을 지키지 않아도
지금 나는 웃고 싶다
왜냐하면 나는 절박하니까

어쩜 그쪽이 더 절박할지도 모르지
그러면 계속 웃어야 한다
나도 계속 웃고

나는 황해도 곡산이
선친 고향이다

비와 커피

어젯밤부터
내 잠을 깨우지 않으려고
살금살금 비가 내렸지만
난 잠결에 눈치챘다

커피콩을 갈고
향기 나는 커피를 한 술 더 넣고
물을 채운 기계가
커피를 내리면
우유를 찔끔 넣어 잔을 들고
비 오는 창밖을 내다본다

조용한 60년대 음악이
내 마음을 조용하게 하고
잠시 나는 머리를 식힌다

그냥 아무 생각을 안 해도
비 오는 날 창밖은 흐리고
마음은 맑아진다

그래서 좋다
비 오는 날

어둠과 빛

서산의 해는
아쉬움을 남기고
서산으로 들어가고
동산의 해는
어제 못한 일들을 하려는 듯
솟아오른다

넘어 가는 해가
아름다운 것은
분명 내일이 아름답기 때문일 것이고
하나둘 켜지는 정원의 불빛은
또 다른 아름다움을 연출한다

젊어서 아름다웠으나
지금 늙어서
아름답지 않다고 누가 말하느냐

해 뜨면 아름답고
해지고도 아름답다

언제나 아름다운 건
네 마음 속의 태양이다

하루

동쪽 창문과 남쪽 창문이 있는 방에서
자고 일어나면 아침 해를 보고
서쪽 창문이 있는 방에서 자려면
넘어 가는 해가
방안을 따뜻하게 한다

남쪽 큰 유리문이 있는 거실은
이른 아침부터 늦게까지 해가 들어
온실을 내달아서
모판을 만들어
씨앗을 발아하고
삽목을 해서 뿌리를 내린다

식탁에 앉아 자판을 두드리며
내다보는 녹색의 정원은 아름답다
장인 묘소에서 가져다 심은 철쭉은
금년에도 붉게 피어 눈을 즐겁게 한다

4마리 개들이 짖어 나가보면

정원을 가로지르는 고양이

참나무 둥지에서
표고버섯을 채취하고
잔디밭의 잡초를 뽑아주고
접목한 포도나무와 복숭아나무
호두나무가 잘 붙어 새롭게 자라기를 빌어보고
저녁 뉴스를 TV로 본다

소금

신장이 안 좋아
간을 안 하고 음식을 먹고
음식 맛이 어떤지 모르고
먹어야 산다는 마음으로…

설렁탕은 소금을 안 치고
순대국은 새우젓을 안 넣고
계란 부침도 소금을 안 치고
두부 부침도 소금 없이 먹는다

짐승도 소금을 섭취하는데…
오랜 투약으로 신장이 고장 나서
손주 늙어 죽는 걸 보려면
소금은 먹지 말아야 한단다

그런데
소금 없이 오래 씹다 보니
음식의 제맛을 느끼게 되는
비밀을 알았다

나는 소금 없이
맛나게 음식을 음미한다

이것도 새로운 삶의 기쁨이다

함박꽃

하얀 면사포를 쓰고
부끄러워 얼굴 가린 꽃
봄이 불러주니 부끄러워
들여다보니 부끄러워

해가 올라 따뜻해지니
익숙해진 듯
고운 속살을 드러내네
면사포 속에 붉은 얼굴

드러낸 얼굴
함박 웃는구나

존재감(存在感)

나 거기 있는지
아무도 모른다
무심코 대문을 나서다
발길을 멈춘다
거기 누군가 있다

눈에는 안 보이고
코끝으로 느끼는 감각
분명 거기 누가 있다

대문 안을 두리번거린다
거긴 없다
대문 밖을 두리번거린다
아! 저기 있다

하얀 얼굴을 하고
일곱 개의 잎들 사이로 핀 찔레꽃!

찔레꽃이
향기를 발해

자신의 존재감을 드러내건만
오늘 이제야 알아보았다.

밝은 태양 아래 활짝 핀
난곡재 담 위 찔레꽃

뻐꾸기

모내기 철 뒷산에 뻐꾸기
나 왔다고 뻐꾹뻐꾹
남새밭에 김매다가
뻐꾸기 소리 들으니
참 세월 빠르다

새들이 짝짓고
알 낳는 시간 늦을까 봐
달려온 뻐꾸기
금년에는 어느 새집에
알을 낳을까

붉은 머리 오목눈이 집이 좋을까
박새집이 좋을까
한 개의 알을 남의 집에 낳아
탁란(托卵)하는 뻐꾸기는 고민이 많다
한 개만 낳은 알은
집주인의 알보다 먼저 부화해서
모두 밀어내고 혼자 음식을 독차지

제 자식인 줄 알고 키운 새끼는
부모보다 더 크고 먹성도 많지만
홀로 설 때까지 뒷바라지
뻐꾸기 부모는 둥지 주변을 돌며
제 말을 잊을까 해서
뻐꾹! 뻐꾹!
말 가르친다

시간

빗소리에 놀라 깨니
새벽 2시 26분
라디오 시계가
불을 밝히고 알려 준다
시간을 확인하고 다시 잠이 든다

소변이 마려워 일어나
시계를 보니 4시 15분 다시 잠든다

알람 라디오가
오늘은 모두 당신 거라며
음악을 들려준다
시간은 아침 7시

이불속에서 음악을 듣다가
잠시 잠이 든 뒤
9시가 되어 일어난다
시계를 보지 않고
몸이 알려주는 시간이다

비 오는 날은
이불 속이 아늑하다
이런 시간도 내겐 귀중하다

참새 잔치하다

밤새 비 내리고
번개 치고
천둥 치고
온 대지에 물 천지

비 갠 아침
개집 속에서 비를 피하고
남은 개밥
빗물로 가득

물 따라내고
말려서 주려고
치워놨더니

개밥에서 잔치 벌어졌다
참새들이 모두 모여서
개밥 잔치한다

개밥 잔치냐
참새밥 잔치냐
참새들은 신났다

쳐다보는 *밤이는
말이 없다

* 밤이는 개 이름

제3부

행복을 말하다

쥐똥나무

현관문을 열고 나오니
은은한 향기 내 발길을 이끈다
향기를 찾아간 것은
쥐똥나무꽃

아주 작은 꽃들이
은은한 향기를 발산하고
울타리에 심어진 쥐똥나무
난곡재를 향기롭게 하네

가을이면 쥐똥같이 익어
길에서 채취해서 뿌린 씨앗
향기는 좋은데 이름은 좀 그렇다

나도 이름과 향기가
제대로 뿜어낼지 알려면
저 세상엘 가야 하나

발걸음을 멈추게
향기를 만들어야지

예쁜 아내

내 나이 일흔 하고 셋
아내와 동갑

젊은이들 옷가게 들어가
기웃기웃 맞을 만한 옷 골라보네
눈에 들어오는 옷 하나
기간을 정해서 세일하는데
오늘이 마지막 날

옳다 좋다 앱을 깔고 옷 한 벌 결재하고
아내가 입어보는 핑크색 옷
참 예쁘게 보인다
노랑색 옷도 모습이 아름답다

아내는 여전히 예쁘다는 걸
오늘 다시 알았다

젊은 시절 그대로다

그 옷도 내 핸드폰 pay로 결제한다

장마와 맹꽁이

예보대로 장마가 닥쳤다
난곡재 대문 앞 개천 건너
두 마지기 기계로 물 대는 논에
장맛비 가득 차니
땅속 잠자던 맹꽁이 한꺼번에 나왔다

장마 통에 종족 보존을 위한
힘든 싸움으로 논이 시끄럽다
짝짓기를 하고 물에 하나씩
동동 뜨는 검은 점이 있는 맑은 알들이
논 가득 떠다니겠지

팔린 논에 흙을 채워 집터를 만드는데
내년 장마에는 맹꽁이들이
어디로 가서 울까

빗소리 요란하고
맹꽁이 안타까워 밤을 지새운다

장마

6월에 36도까지 오르는 기후
뜨거운 날이 계속되더니
장마가 시작되며
집중호우로 지역을 덮치며 퍼붓는다

퍼붓는 장맛비에
신나는 초목들
옥수수 해바라기는
하늘 높은 줄 모르고 위로
고추는 열매를 맵게
호박은 달콤해지고
토마토는 붉어지는데
아! 상추는 잎이 찢어진다

빗물에 무거워진 잎 늘어지면
그 제사 햇빛을 보는
금년에 심은 청포도 묘목

하느님은 공평하다
키 작은 나도 따가운 비를 홀라당 맞고···

혼자(1)

그녀는 혼자 삽니다

예고 없이 방문해서 꺼내놓은 것은
밭에서 금방 딴 블루베리
그리고 오이고추와 청양고추

어제는 그녀 생일인데
언니와 올케가 시내 음식점에서 보내고
오늘은 삼계탕을 먹으러 갑니다

두 마리를 시켜서 한 마리는 포장
그녀의 냉장고에 들어가고
한 마리는 둘이 나누어 먹고
회의를 다녀와서 그녀 집에 다시 가니
반찬을 싸주는데
애호박볶음 무채 나물 오이지무침
작은 그릇에 담아주며
올 때는 미리 알려주면 좋겠다고
작은 그릇에 담긴 적은 반찬이
사랑으로 가득하다

난 행복으로 벅차다
여보 사랑해요

혼자만의 행복

혼자 이 숲에 사는지 14년
난 행복하다
아내도 있고 자식도 있고
손주도 있고 사위도 있다
그래서 행복하다

내 숲에는
소나무도 있고
감나무도 있고
살구나무도 있고
배나무도 있고
사과나무도 있다
온갖 과일이 다 있다
그래서 행복하다

내 남새밭에는
상추도 있고
고추도 있고
호박도 있고
토마토도 있고
당귀도 있다
가을에는 배추와 무도 있다
그래서 행복하다

내 집에는
박새가 날아오고
직박구리가 날아오고
곤줄박이가 날아오고
참새가 날아오고
뻐꾸기도 날아온다
내 집에는 블루베리, 해바라기
자두, 머루, 다래가 있어
새들이 행복하다
겨울이면 소기름도 먹을 수 있지

은은한 장미 향이
스쳐 지나가고
찔레꽃 향기가 스치고
쥐똥나무 향기가 스치면

나는 마치 어디서
뛰놀던 손주가
내 가랑이 사이 품으로 달려들 듯
깜짝 놀란다

그렇게 행복이 기습적으로 온다
그 행복이 여긴 많다

혼자(2)

복수초 피는 난곡재에
나 혼자 있소
청노루 꽃 피고
산수유 꽃피고
매화가 만발하고
사과꽃 피는 곳에
나는 혼자 있소

봄바람 꽃향기
내 마음 살랑이고
새들은 짝지어 노래하고
기러기 북쪽으로 날아가는데
나는 난곡재에
혼자요

불현듯
당신이 보고픈 건
당신이 먼 길을 떠나서 일 겁니다

전화를 할 수 없고
찾아가 볼 수도 없고

혼자인 가슴에
보고픔이 가득합니다

다행인 것은
당신이 여행을 마치면
돌아온다는 것

하늘타리꽃

어두운 밤
하얗게 피어난 박꽃
꽃잎은 갈래갈래 풀어지고
소박한 옷을 입었다

같은 시기에 피어나는
백합보다도
범부채보다도
나리꽃보다고
정이 가는데
밤이면 불을 켜고
들여다봐야지

보름달 빛에 소박한 네 모습
마음을 편하게 해준다

밤이 지나 아침이면
긴 머리 풀어 헤치고
머리 숙인 너
소박한 모습마저 감추는구나

홀딱 벗고

2018년 7월 무더위
기승을 부리고
집안 온도 섭씨 33.3도
선풍기를 켜도 덥고
목욕을 해도 덥다

버금 가리개도 벗고
으뜸 가리개도 벗고

홀딱 벗고
선풍기 앞에 앉으니
미지근한 바람뿐

어디서 *홀딱 벗고 새가 울고 간다

* 우는 소리가 마치 '홀딱 벗고'라고 들리는 원래 이름은 등검은 뻐꾸기

통나무 밥상

건축전시회에 가서
오매불망 소원하던
통나무 밥상을 하나 찍었다
뉴질랜드 소나무로 만든
길이 250센티 넓이 91센티
두께 6센티 높이 75센티

택배로 온 밥상을 운전사와 둘이서
허리가 부러지게 들어서
제자리에 옮겨 놓고
먼저 식탁에 있던 유리판과
예전에 있던 유리판 2장을 올리니
밥상치고는 너무 넓다

한쪽은 노트북과 프린트 전자기를 올리고
한쪽에선 밥을 먹는다
이제 밥 먹다 말고 컴퓨터를 가지고 놀기 좋다

정원을 내다보며 유튜브를
블루투스 스피커에 연결하고
오페라를 들으며 인터넷을 한다
그냥 좋다

저녁 뜰에 서서

해지는 저녁
뜰에 나가니
시원한 공기 속에
향긋한 향기
지난 겨우내
찬 방구석에 웅크리고 있던
천사의나팔꽃
여름내 힘차게 자라서
무수한 꽃을 피워
밤이 되면
향기를 불어 댄다

제 몸을 잘라 흙에서
뿌리 내린 가지들도
여름내 자라서
많은 꽃을 피워
제 어미마냥 향기를 불어낸다

저녁 뜰에는
향기로 가득하고
내 가슴도
사랑으로 가득 찬다

태풍

태풍이 한반도를 가로질러 간다고
며칠 전부터 준비하라며
비상 대책을 알려주어
학교도 문 닫고 여기저기서
걱정하는 말도 많이 들었는데
태풍이 바다를 건너오면서
기세가 줄어들어 막상 싱겁게
동해로 물러났다

태풍길에 있던 제주도와
남쪽은 많은 피해를 주었다

이렇게 큰 태풍이 오려고
이 여름은 그렇게 더웠던 모양이다
그것도 쌍 태풍이

더위에 밭에 자주 못 가봤는데
농약을 안 친 밭에는
무당거미들이 함정을 만들어
날 것들을 잡아먹는데
거미줄이 질기고 탱탱하다

해바라기는 키만 크고
꽃은 피려고 하지를 않는다
포도는 넝쿨을 이리저리 뻗어
온 밭을 주름잡는다

알밤

가을 아침
일어나면 뒷마당으로 가서
떨어진 알밤을 줍는다
반질반질 윤이 나는 알밤
가시 옷을 벗고
부모님 제상에 오르려고
때맞추어 익어 떨어진다

금년에도 알밤
부모님께 가는 길에
손주들 난곡재 뒷마당에 와서
알밤 줍는 재미를 본다

엊그제까지 주운 알밤
가위로 깎아서
제사상에 올리고
손주들이 주운 알밤
반짝반짝 알밤
삶아서 숟가락으로 파먹네

회초리 같은 묘목 심어
열매 열어 즐거움 준다

다음 해에는 더 많이 열리거라
동지에 거름 듬뿍 주리라

여주

봄날 여주 씨 묻어 놓고
초여름이 되도록
싹이 나질 않더니
한여름 뜨거울 때에
비로소 싹이 나왔다

여주는 40도가 넘어야
발아된다니…
특별한 냄새가 있는 여주
노랑꽃이 피고 열매가 익으면
황금빛으로 익고
속에는 붉은 알갱이가 달콤하고
노랑 씨를 맺는다

팔뚝만 한 여주가
현관 앞에 주렁주렁 달리고
방충망에도 넝쿨손을 넣고 올라가
열매를 맺는다

덜 익은 열매는
말려서 당뇨 치료에 좋다는데
지나다니며 쳐다보는 여주가 좋다

난곡재(蘭谷齋)

삼각산 뒷자락 장흥에
250평 밭이 있는 농가주택
땅을 대충 다지고 패널(panel)로 짓고
붉은 벽돌로 마감한 30평 농가주택
입주하며 6미터 유리문과
50밀리 스티로폼과 비닐 널빤지로
벽을 다시 마감하고 집 안 벽도 허물어 텄다
지붕에는 태양광을 설치하고
마당을 가로지르는 옆집 아주머니와
집 없는 개들이 밭을 흩트리는 걸 막고자
펜스를 둘러치고 마당에 모래를 몇 차 부려서 폈다
롤 잔디를 밤늦도록 혼자 즐겁게 심었다
밭에는 감자, 토란, 곤약, 배추, 무, 고추,
각종 쌈채를 심으니 먹을 사람도 없고 힘만 든다
회초리 같은 묘목을 천원 이천 원에 사서 심으니
그거 언제 결실을 얻느냐고
그러나 좋은 종자를 접붙이면 2~3년 내로
결실 얻는다는 걸 모르는 사람 말이다
지금은 사과 열리고 배, 감, 매실, 대추, 밤, 호두,
자두, 살구, 포도, 머루, 다래, 오미자, 온갖 과일이
철철이 풍성하다
강남 30평 아파트 가격이면
난곡재같은 농가주택은 4채나 가질 수 있다

나는 오늘도 밭에 나가서
내년에는 더 좋은 결실을 얻으려고 돌본다
이제는 나무가 원하는 소리를 들을 줄 안다
밭뙈기 옆으로 해바라기를 심어
난곡재로 날아오는 새들을 위해 먹이로
겨우내 거두지 않을 거다
그리고 소기름도 나무에 매달아
새들의 겨울 단백질 공급을 하리라
그러면 새들은 봄이 되면
여기저기 달아둔 인공새집에서
짝지어 알을 낳고 새끼를 키워
하늘 높이 날며 노래하리라
정원에 나가서 컴퓨터를 연결하고
좋은 스피커를 연결해서
음악을 들으며 지나온 세월을 돌아보고
인터넷으로 구입한 책도 읽고 낮잠도 잔다

밤이 되면 도시 가로등이 밝아
별이 잘 보이진 않지만
해가 지면 켜지는 솔라 등불이 마당을 비추고
각양각색으로 빛나는 것도 보기 좋다
빔 프로젝트와 스크린을 설치하고
한밤중 영화 한 편을 달빛 아래서 보는 것도
난곡재의 즐거움이리라
가을이 되면 마당의 남방계 식물을
집안으로 들이는데

천사의 나팔꽃은 온 집안에 향기를 퍼주고
백향과 패션 플루트는 겨울에도 꽃을 피우고
열매를 맺으려고 한다.
뒷산에 올라 오봉산을 바라보는 것도
난곡재 삶의 즐거움이다

울릉도 동백

지난해 5월 울릉도
버스 타고 배 타고 들어가
섬을 일주하고 나리분지에서
새소리 들으며
하룻밤 자연 속에서 묵고

매장에서 구해온
눈개승마는 밭에 심고
동백은 분에 심어
1년간 잘 키우니
이 가을 가지 끝마다
꽃봉오리 맺혔다

올해 섣달에 꽃피울지
내년 춘삼월에 꽃피울지
홑꽃일지 겹꽃일지
붉을까 분홍일까
궁금하구나

나는 오늘도 무심히 물을 준다

행복을 말하다

어려서부터
원하던 것이 있다면
넓은 잔디밭이 있고
예쁜 집이 있다

과일나무에 과일들이 주렁주렁 달리고
아름다운 음악을 들으며
넓은 창으로 내리는 눈을 바라보며
더운 커피를 마시며
사랑하는 아내와 마주 보며 웃는 꿈
그것이 이루어졌다면
나는 행복하다고 말한다

그래
난 행복하다
더 행복한 건
사시사철 변하는 자연을
그것도 작은 풀들을 보면서
느끼는 행복은
매일 넘친다

행복에
그저 감사할 뿐

1번 출구

3호선 열차를 타고
내린 곳은 안국역
1번 출구로 나간다

양반들이 살던
전 대통령 윤보선 도로가 있는
별궁이 있던
기와지붕이 맞닿은

1번 출구 앞에서 만난 친구
기와지붕에
제비가 깃드는 집
안방으로 신 벗고 들어가
청국장과 된장찌개
그리고 간재미 무침과
파전에 막걸리를 시키면

꽁치 조림과 시래기무침
시금치나물 깍두기와

몇 가지 반찬이 더 나오고
간장이 올려 있고
김도 통에 들어 있다

구수한 친구들은 현재 보다
과거 이야기를 더 나누고

미래에는 여행을 가자고
일정을 잡는 곳

밥상에 늘 간장이 놓이듯
친구들은 언제나
간간하고 짭조름한
인품이 적당하다

서울 장안
안국역
1번 출구
내가 72년을 사는 도시다

4월의 비

새싹이 움트는 4월
봄비가 밤새 촉촉이 내린다
가끔 몰아치는 바람과 함께
꽃잎들을 떨구고
게으른 꽃들은 밀어내고

땅속 깊이 스며든 빗물
추위로 잠자는 세포를
충만하게 은혜 준다

본능의 주기에 맞추어
잎을 내고 꽃을 내고
열매를 맺고
낙엽을 떨구듯

우리의 삶도
내 주기가 주어져 있겠지
그분이 주신 주기에 맞추어
나 편히 살다 가리

어제만 해도 보이지 않던 은방울꽃
오늘 아침 보니
예쁜 꽃방울을 달았다
봄비 덕일 듯

내 계절은 겨울에 들어섰지만
매년 봄이 오니
지금은 봄이고 여름이 되겠지

이제 자리를 정돈하고
잠옷으로 갈아입고
오랜 잠에 푹 빠질
준비하자

그리고 내 삶이 행복했던
꿈을 꾸어야지

입가에 미소를 지으며
조용히 잠들리라

1965년

목포행 완행열차
통금시간 임박해서 출발하네

목포까지는 무려 10시간
완행열차에는 사람도 많다

자리에 앉아 가려면
개찰구부터 달리기 하고
창문으로 짐을 넣어야 한다

목포에서 제주로 가는 안성호
여기도 사람 천지
8시간을 천천히 울렁울렁
멀미를 하며 간다

제주항에 도착해서
헌병에게 배낭 밖에 매어둔
군용 담요는 압수

제주도는 타국이다
하루종일 가야 하는 이국이다

거미줄

명주실이 나무에 걸려
지난밤 비에
물방울이 조롱조롱 걸렸다

투명한 물방울이
햇빛을 반사하며
찬란한 빛을 발하고

뜨거운 햇빛이
창공 가운데 오면
숨어있던 무당거미
집수리하러 나온다

오늘은 큰 잠자리
한 마리 걸려라

사랑을 갈구하는
수놈은 무서워 접근도 못하고

정성을 다해
거미줄 뒷다리로 새 줄을 친다

관심

추위에 약한
그래서 싸고 또 싸서
겨울을 견디도록 했는데

모든 생물이 새싹을
꽃눈을 내밀 때
내 정원에 너는 여전히 침묵하는구나
자고 일어나 뛰어가 보는 것은
너의 변화를 보려는 내 마음

어느새 꽃들이 피고
산수유 씨방은 여물어가건만
여전히 침묵하는 너
그저 매일 안타깝구나

새로 접붙인 청포도 나무
새로 접붙인 호두나무
제발 눈을 떠라 잎을 달아라

하루에도 몇 번
접붙인 너를 찾는다

그녀

그녀는 말이 적지요
조용하고 사려 깊고 배려심도 많고

그녀는 혼자 살아요
혼자 살기엔 조금 큰 집에서
깨끗이 정돈하고
오래된 물건들이 있는
남쪽으로 창이 난 집에 살아요

가끔 그 집에 가면
싱거운 반찬에 정성 들인
식사를 함께해요
식사 기도를 하고 말이죠

일어서는 저에게
그녀가 건네주는 것은
정성 들여 다듬어 만든
싱거운 반찬과 과일 그리고 폐지

이렇게 비 오는 날엔
시골집 난로에 비닐을 떼고 준
폐지를 불 때면서
아내의 따뜻함을 느낍니다

그대

그대는
나와 멀리 있지만
나는 항상
그대 곁에 머물고
그대는 언제나 그립소

찬바람이
나무들의 잎을 떨구고
땅속까지
서린 기운을 뿜어도
그대를 향한
내 마음은 언제나 따뜻하고
밤이면 그대의 차가운 발은
내 가슴에 품어 녹여 주었지

그리고
가슴속 간직한 말

그대 사랑하오

기다림

대문은 열려 있고
창문도 잠기지 않았소
개들은 온순하며
묶여 있다오

처음 이곳에 왔을 때는
기차가 지나다녔는데
10년이 지나면서
이제 기차는 다니지 않소

창밖에는 푸른 하늘만 보였는데
어느새 고가도로가 생겨
차들이 질주하오

나는 여전히 이곳에서
기다리고 있다오

비 오는 날
대문을 밀치고
살며시 오시오
내 가슴의 그대
당신!

제4부

내가 가진 것

까까머리 6년

중학교 간다고
나보다 더 큰 교복 새로 입고
얼굴보다 더 큰 교모 쓰고
머리는 박박 밀어
연신 까칠한 머리를 혼자
쓰다듬고 가슴은 설렌다

언제쯤 머리를 길러서
앞머리를 손 안 대고
고개를 젖혀 뒤로 넘기는
멋을 부려볼까
6년이 지나
머리를 마음껏 기르네

머리칼이 귀를 덮고
옷깃을 덮고 눈을 가리고
머리칼은 고갯짓에 넘어가고
나는 좋은데 가위 든 경찰이
또 나를 제지 하네

그런 시절
다시 그립다

꼬부랑 할머니 정원

기찻길 건너
읍사무소 지나 개천 건너
마당 넓은 집
온통 마당에 꽃이 만발했다

목련은 지고
산당화 줄지어 피고
여기도 철쭉 저기도 철쭉
잔디밭 돌아가며 꽃잔디 만개

모두 모두 분홍색 꽃
90도 넘으신 할머니
호미를 들고 빈 통을 들고
잡초를 캐낸다

난곡재 가며
수시로 보아온 꽃지기는
꼬부랑 할머니

모퉁이에는
먹거리도 심어 있고
철길 건너에도
할머니 밭이 있다

꽃 필 때

얼음이 얼고 눈보라 칠 때
나는 봄이 오길 기다렸고
찬바람이 문틈을 비집고 들어와서
내 옷깃 속으로 들어가도
꽃피는 봄날을 기다린다

눈이 녹고 따뜻한 바람이 불면
밭에 나가 잎이 돋고 꽃이 피기를
들여다보기 몇 날 며칠

꽃들이 먼저 피고 잎들이 나오고
벌 나비가 날아들고
나무 청개구리가 나오고

꽃잎이 바람에 흩날리고
씨방이 문을 닫고
온 집안 꽃잎으로 덮여도
나는 밭에 나가 찾아본다

아직도 그녀의 발자취는
보이지도 들리지도 않는다

이제 다음 꽃이 필 때까지
꽃을 그리워하겠지
그리고 나는 더 허리가 굽는다
오! 그대여

꽃눈

붉은 열매 산수유
사다리를 타고 올라 하나씩 따낸
지난 가을

열매를 따기도 전에
내년에 꽃피울
꽃눈을 달고 나와서
열매를 따는 섬세함이 필요하고

이른 봄 제일 먼저 피어나는
산수유꽃을
입춘에 나가보니
사내아이 젖꼭지만 한
꽃눈을 달았네

봄이 되면 산수유
꽃눈 하나가 터지면
수십 개의 꽃이
한 개의 꽃봉오리 속에서 탄생하지

올해에도
한 개씩 터져서
수십 개 수천 개의 행운이 터져
나무가 온통 노랗게
봄을 수 놓으리

꽃눈 잎눈

가을부터 아니면
열매가 열린 뒤부터
꽃눈 잎눈을 만들어
긴긴 겨울 찬바람을 이겨내도록

털에 싸고 비늘에 싸고
가죽같이 두껍게 싸고 끈적이에 싸서
꽃눈을 동그랗게 잎눈은 길쭉하게

우수가 지나고 입춘이 오기부터
꽃눈은 웃으려 준비하고
잎눈은 팔랑이려고 준비한다

나와라
꽃눈 잎눈 봄볕을 맞아

환하게 웃자
바람에 팔랑거려보자

내가 가진 것

나는 사과나무를 가지고 있고
블루베리 나무도 가졌으며
감나무와 호두나무
밤나무와 대추나무도 있다오

만약 꽃을 좋아한다면
범부채꽃도 보여주고
복수초도 보여주고
청노루귀꽃도 보여줄 수 있소

그러나
내가 보여 줄 수 없는
귀한 것도 나는 가지고 있소

그것은 그건
당신을 사랑하는 마음이라오

일어나면 당신이 그립고
자리에 누우면
당신이 보고픕니다

늘 당신을 사랑하오
그러나 보여 줄 수는 없는
내 안타까운 마음이지요

노랑 장미

장맛비 개인 아침
마당에 나서니
노랑 장미꽃 피었네

난곡재 14년 차
노랑 장미 몇 번 심어 꽃 한번 보곤
다음 해 흔적 없이 사라지기 몇 번

붉은 장미, 분홍 장미
바림* 장미, 사계 장미
넝쿨장미
그 많은 장미는 있는데
노랑 장미 키워보고자
오늘 아침
내 곁에 노랑 장미꽃

아침이 맑다
노년이 즐겁다

* 바림 : 색칠을 할 때 한쪽은 진하게 칠하고 다른 쪽으로
  갈수록 점점 엷고 흐리게 칠하는 일

노천 목욕탕

봄이 오니
나무에 매달은
소기름은 떼어내고
노천 목욕탕을 만든다

투윈 의자 커피 받침대
비치파라솔 밑에
하얀 수반을 놓고
가득 물을 채우면
노천 목욕탕
새들의 노천 목욕탕.

날이 맑으니
묵은 때를 여기 와서
씻어 내고
마른 목도 축이고
봄 하늘 한번 쳐다보렴

새들의 노천 목욕탕

금년엔 새들의 양식인
해바라기를 많이 심으리

눈

아침을 열고 나서니
입춘 지나 우수도 지났는데
천지가 흰 눈으로 덮였다

찰진 눈이 잔디밭에
나뭇가지에 빨랫줄에도
가래로 눈을 치우는데
찰진 눈 무게가 무겁다

지붕 위 태양광 판넬에
햇빛을 가리는 눈은
어느새 태양 볕에
슬며시 녹아내린다

어제 얻어온 새 먹이
먹이망에 소기름 더 보충하니
눈 덮인 대지를 벗어나
내 집에 몰려드네

봄 가뭄에 시달리던
대지가 이제 눈으로
갈증을 해소했으니
모두 나오너라
새싹들아

눈개승마

밭에 나가 돌아보다
안 보던 식물이 올라온다
자세히 들여다보니
작년 울릉도 가서
동백꽃 한 분 사오면서
화분 속에 묻어온
눈개승마다 누운개승마
울릉도개승마

화분에서 옮겨 심은 눈개승마
힘차게 땅을 밀고 올라온다
여름이면 하얀 꽃을 보리라
그리고 울릉도 소식을 전해 주리라
울릉도 눈개승마

울릉도 일주 도로는
금년에는 개통하고
나리분지의 나리꽃은
금년에도 만발하고
눈개승마도 천지요
명이 산마늘 천지
새소리 시끄럽던
민박집 아련하다

돋보기

희미한 글씨
답답한 마음

아무리 눈을 부릅떠도
읽을 수 없는 거
돋보기를 쓰란다
안경 아래
돋보기가 있는 다초점 안경

세상이 밝아졌다
잘 보인다
마음은 어두워졌다

나이 들었구나
서러워 마라
눈이 잘 안 보이는 건
안 볼 것은 보지 말라는
큰 뜻도 있으니

그래서 나이 들면
더 지혜로워지는구나

두 번째 올림픽 평창

불꽃이 터진다
평창 오각형 스타디움 무대에
1,218개의 드론이
오륜기를 만들어 띄운다

첨단 기술이 날고
우정과 웃음이 날고
어제의 적이
오늘은 손을 맞잡았다
세계는 하나다

하나의 깃발을
둘이서 잡고 들어오니
오늘은 웃고
내일도 웃으며 마주 보자

마음을 내주면
어떤 어려움도 해결되리

이제는 통일됨을
손잡고 노래하자 춤추자

두릅

개집 뒤에 있는 두릅나무
봄이면 가시 달린 새순을 준다
뜨거운 물에 데쳐서
초장을 찍으면 봄을 내 입 안으로 넣는 감동
살짝 떫고 쌉싸름한 맛이 일품이다

개밥을 훔쳐 먹으러 오는 서생원들 덕에
여기저기 굴을 파서
해마다 두릅나무가 동해를 입어
다른 곳으로 옮겨 심고 보충하고
엄나무 순이 더 부드럽고 향이 좋아
가시에 찔리며 딴 순은
그래서 더 맛나다

사다리를 타고 올라가서
두터운 가죽 장갑을 끼고
가지 끝의 새순을 채취해서
뜨거운 물에 데쳐서
초장을 찍으면 향이 바로 봄이다

참나무 둥치에서 봄이면 올라오는
표고버섯도 봄이다
뜨거운 물에 데쳐서
초장을 찍으면 젊음이 온다

딱새

처마 밑에서
조잘조잘 새끼들 소리
이리저리 둘러보니
지난해 내가 만든
새집에서 나네

사다리를 타고
살며시 문을 열고 엿보니
주둥이가 노랗고
눈은 감은 채 6마리
털도 없이
벌거벗은 몸
부스럭 소리에
엄마가 먹이 주는 줄 알고
노랑 입을 커다랗게 벌리고
소리를 지른다
저 먼저 달라고

조용히 문닫고
내려와서
난 흐뭇하다
난곡재 가족이 늘었다

망사장갑

통근버스가 멈추고 문이 열리고
아리따운 여인이 버스에 올라서서
남자들로 꽉 찬 버스 안을
두리번거리며 앉을 자리를 찾는다

"여기 앉으세요"
옆자리를 내주며 권하는데
고맙다고 하는 그녀의 미소가
더 아름답다

그녀의 예쁜 손에는
망사장갑이
"그것 좀 내가 껴봐요"
벗어준 망사장갑은
둔박한 내 손에
손끝도 들어가지 않는다
돌려주며 올려다본 그녀는
살짝 미소 짓는다

오늘은 내 옆자리에
내일도 내 옆자리에
지금 45년 뒤 내 옆자리에
그녀는 있다

모기

일 년 사철 괴롭히던 모기
여름에는 물론 겨울에도
집안이 따뜻하면
언제고 가렵게 하던 모기

정원에는 연꽃 화분이 십여 개
수생식물 화분에 물장구 수만 마리
밭일 정원의 일을 할 때면
허리에 모기향 매달고

올해 난곡재 집안에는
모기장을 안 치고 산다
보일러 창고 정화조 봉인하니
정화조 입구 틈으로 나오던 모기
이제는 오물 처리장으로 떠내려 간다

난곡재 모기 많아도
수련꽃 활짝 피고
물 양귀비꽃 노랗게 핀다
집안에는 모기장 없이
홀딱 벗고 TV 본다

난곡재 살만하다

멍

파란 하늘에 흰 구름
네 마리 개들 밥 주고 돌보고
밭에 나가 밭 돌보고
아침밥 먹고 나를 돌보고

편안한 의자에 앉아
하늘을 보고
나무들을 보고
꽃을 보면서

아무런 생각 없이

멍

노년이 편안하다

미세먼지 경보 발령

미세먼지가 내일은 많을 거라며
경보 문자를 받았다
중국으로부터
몽골로부터
북쪽으로부터
겨울이면 날아온다

마스크를 쓰고
외출을 삼가며
집에 있으라고
친절하게 알려준다

전쟁 속 포탄 먼지와
*쌕쌕이 폭탄으로
부서진 건물 잔해 속에서
마스크는 무슨
그 먼지 다 마시며
70년 살아오고

폭탄 같은
가난과 외로움이
사시사철 나를 짓눌러도
나는 입 벌리고
오늘도 하늘을 보고 웃는다

내일은 희망이니까

* 쌕쌕이 : B-29 전투기

모험

나 어릴 적
처음 대출해서 본 책
톰 소여의 모험

그 당시 본 영화
해저 이만리

지금도 다시 보기 하는 영화
아웃 오브 아프리카

내 차는 스포츠카 4W
길이 아닌 곳도 겁 없이 들어서고

짐칸에 들어찬
야영 장비는 오지에서
들판에서
돌밭에서
하룻밤 아늑한 집을 짓는다

떠오르는 해와
지는 해와 별을 어디서나 보는
나는 작은 모험가

미세먼지

봄 햇빛 반가워
문 열고 청소하는데
공기 청정기 틀어
먼지 배출하는데

공기 청정기
급하게 돌며
미세먼지 많다네

봄에 오는 황사 소식
문을 여니
달려들어
온 집안 오염되네

문 닫고 공기 청정기
세게 틀어야겠다

발치(拔齒)

의자에 누워
뒤로 제쳐지고
의사는 입안을 들여다보고
치료해도 또 아플 테니
뽑는 게 좋단다

마취 주사를 치아 주변으로 놓고
잡아 **뽑는데**
순간적으로 **뽑혀** 나온다
참 허탈하다
아랫니는 송곳니 다음으로
양쪽 어금니는 전부 없다

90분간 솜을 물고 있으란다
몇 개의 솜을 더 얻어 가지고
난곡재로 오는데
마취가 끝난 잇몸이
아프기 시작한다
간신히 40분간 차를 몰아

도시를 벗어나 집으로 오니
고통이 점점 더 한다
이런 게 산고일까
칼에 맞은 걸까
앉아도 아프고
누워도 아프고
이리 저리 쩔쩔 맨다
침대로 가서 누워봐도
다시 일어나야 하고
진통제를 못 먹는 나는
고통이 너무하다

2시간 지나서 솜을 빼내고
서성이다가
침대로 가서 누워
한숨 자고 나니
고통이 잦아들었다

하늘은 맑고
햇빛은 따사로운 봄날
난 고통으로 하루를 보냈다

아름다운 봄날은 가는데

보슬비

보슬보슬
봄비가 내린다

지붕에 내리는 보슬비
보슬보슬 소리 정겹다

날 저물어
주룩주룩 내리더니
해 떨어지고
진눈깨비 내린다

보슬비는 어디 가고
주룩주룩 진눈깨비 오느냐

내 마음은 보슬비
간절한 보슬비

그녀는 진눈깨비
나는 그녀의 안중에도 없나 보다

그래도 나는
보슬비를 기다린다

봄

봄 햇빛이
모든 생명을 깨우고

봄바람이
뭇 처녀들의 마음을 흔들고

봄비는
깊이 언 땅을 녹인다

내가 가진 것은
봄 같은 사랑뿐

커지거라
커지거라

봄비(1)

해마다 봄에는
비가 안 와 메말랐다
봄 가뭄이 심했는데
금년 봄에는 비가 많이 온다
동네에서는 어느새 못자리를 다 냈다

일주일 전에도 비가 밤새 내리더니
오늘도 비가 흠뻑 내린다

난곡재 앞의
금천교禁川橋에도 물이 넉넉하고
남새밭에도 과수밭에도
넉넉한 빗줄기가
아직 잠이 덜 깬 과수를
흔들어 깨운다

여름 장마 같은 봄비가
요란하게 내린다

개들은 집 속에 들어가
비 오는 걸 바라보고
나는 빗소리를 들으며
시를 쓴다

빗줄기가 시원하다
북한이 회담 연기를 한다
그건 목마르다

봄비 그녀

기다리던 그녀는
목마른 대지에
젖을 주듯 주룩주룩 내린다

그녀의 자비가
땅을 적시고
생명을 움트게 하듯
주룩주룩

해가 지며
그녀는 진눈깨비가 되어
땅 위에 하얗게 쌓이고

개들은 집안으로
진눈깨비를 피하고

봄비를 기다리며
몸으로 영접하니
차가운 물방울이
몸서리치네

아직 2월 봄은 더 멀리 있다
내 임은 꽃 피면 오려나

제5부

밤에 만나요

봄비 (2)

가래나무에
호두를 접붙이고
머루나무에
청포도를 접붙인다

붉은 목련을 심고
양귀비 구근을 심고
청노루귀를 심는다

영춘화를 삽목하고
참두릅을 심고
밤새 봄비가
생명을 불어넣어 준다

내일은 개복숭아를
황도로 접목해야지

아, 그런데
흰 꽃이 만발한
나는 접목이 불가하구나

그래도 마음은
봄인데 어쩔 거냐

소설(小雪)을 앞두고

아침 마당에 나가니
서리가 와서 하얗게 앉았다
밤이 물그릇은 얼었고
캔터기 블루그래스 양 잔디 위에도
하얗게 서리가 내려 애처롭다

이제 닷새 후에는 소설
작은 눈이 온다는 소설이 멀잖다

나무들의 떨켜는 잎을 다 떨구고
동해를 입을 감나무와
어린 묘목들은 모두 감싸서
얼지 않도록 대비를 했건만
오늘 아침 잔디밭에 내린 서리가
겨울을 실감하게 한다

내 머리에도 서리가 내린 지 오래
동해를 입지 않도록 굴리고 가동해서
명년에도 꽃을 피우리라

바람

나는 바람
자유롭게 돌아다닌다
강물 따라 잔잔한 물결을 만들고
계곡을 찾아 산꼭대기로 내달리고
도시로 들어와 신작로 한복판을 가로지르고
빌딩 숲 유리창을 비벼보고
베란다 열린 문으로 들어가
거실과 안방을 휘돌아 나온다

내 집을 출발해서
그녀가 사는 집을 찾아
그녀의 머릿결을 쓰다듬고
여민 옷깃을 들추고
가슴속에도 들어가 보고
그리고
나는 그녀의 눈 속에도
들어가고 싶다

나는 바람
그녀의 바람이고 싶다

* 또 다른 바람 – 어떤 일이 이루어지기를 바라는 마음

어제 내린 단비는

어제 내린 비는
대한 추위의 끝 날
가뭄 끝에 내린 단비였고
오늘은 입춘
봄이 오는 계절이다

햇빛은 충만하고
공기도 맑은데
새들은 분주히 날고
단비는 땅속으로 스며든다

섣달에 피는 납매(臘梅)는
꽃을 피우려 하고
매화들도 꽃 피울 준비를 하리

지난 가을
기름을 쳐서 넣어둔 호미 삽은
다시 제 몫을 기다리고

난곡재에 심을
씨앗과 묘목을 주문하면서
마음은 어느새 봄이다

도라지나물

통 도라지 한 봉지 사서
껍질 벗기고
물로 씻고 쪼개고

달래 나물도 한 봉지 사서
다듬고 씻고

양파 반개 썰고
깻잎 2묶음 씻고 썰어서

고춧가루 넣고 비비고
고추장 넣고
막걸리 식초 넣고
매실 엑기스 넣고
빡빡 비벼서
도라지나물 완성

소금 간은 뺀다
난 싱거운 게 좋다
아니 제물의 맛이 좋다

산책

전기밥솥에 불려놓은
흰 쌀을 앉히고
단추 눌러 놓고
묵주를 들고
산책을 나갑니다

가는 길 30분
오늘 길 30분
1시간을 오가며
묵주는 5단씩 50번씩
수십 번 기도를 마치고
엷게 내린 시골길 눈
발자국은 남기고
눈과 함께 떨어진
황사가 차에 가득한데

돌아오는 산책길
기도로 씻긴 가슴 충만하고
눈 내린 뒤 하늘같이
가슴 푸르다

늦은 봄

매화꽃
살구꽃
복사꽃
배꽃
사과꽃
다 지고

마가목
마로니에
장미
그리고
애기똥풀이 노랗게 핀다

난곡재
애기똥풀이
나를 반갑게 한다

정원
여길 가도 애기
저길 가도 애기

우리 집은
애기들 웃음소리가 끝이 없다

뻐꾸기 3종

"뻐꾹 뻐꾹"
"홀딱 벗고"
"음- 음-"

올봄 뻐꾸기는 걱정이 많다
*탁난(託卵)한 새끼들
제대로 커 가는지
다른 배 자식은 밀쳐내고
밥은 제대로 받아먹는지

핏줄의 전통을 이어 울 수 있는지
뻐꾸기는 새끼가 있는 둥지를 돌며
"뻐꾹 뻐꾹"
"홀딱 벗고"
"음 - 음-"
울어주고

그래서
"뻐꾸기"
"검은 등 뻐꾸기"
"벙어리뻐꾸기"가 됐나보다

*탁난(託卵) : 남의 둥지에 알을 낳아서 키우는 방법

꽃향기

지는 해를 바라보며
지팡이를 들고
해가림 모자를 쓰고
장갑을 끼고
휘적휘적 들길을 걷는다

나무 울타리를 지나는데
감미로운 향기가
온몸으로 들어온다

작고 하얀 꽃들이 만발한 데
그 작은 꽃에서 향기는 너무 크다

그 꽃은 쥐똥나무꽃
가을에 쥐똥 같은
까맣고 작은 열매가 열려서 붙인 이름

늦은 봄 산책길이 향기롭다
나는 오늘
내 인생의 꽃길을 걷고 있다

밤꽃

맑은 아침
마당에 나서니
코를 찌르는 향기
너무 자극적이다

뒤꼍으로 가 보니
밤나무 금발로 머리 물들이고
진한 향기 펴낸다

벌 나비 모이라고 향내 품어내는데
내게는 너무 강하다

어느 과부
여인들과 여행 중
차창을 열면서 "밤 향이 나네"
함께 있던 여인들 하는 말
"너 시집가고 싶구나"

밤꽃향이 남성의 냄새라니
무심코 한 말에
얼굴 달아오른다

빨래

겨울 지나고 봄이 오면
겨우내 덮었던
이불과 요 홑청을
세탁기에 넣고
하얗게 빨아 널다

초록색 잔디 위
두 나무 사이에 빨랫줄을 매고
새하얀 홑청이
파란 하늘 아래
깃발처럼 바람에 펄럭이면
내 마음 하얗게 씻겨낸다

뽀얗게 마른 홑청은
장롱에 들어가 쉬다가
찬 바람이 불면
다시 나와 그 소임을 다 하겠지

나도 어느 천주교회 성당
지하 장롱에 들어가 있다가
새봄에는 다시 나오리라

그때는 더 성숙되어 있겠지

장미

펜스 위로 넝쿨장미 붉다
벋어가는 가지엔
가시가 많고
붉은 꽃엔 향기가 가득

현관을 들어서는 아치에도
핑크색 장미 노랑장미
겨울을 이겨내고
자태와 향기를 뽐낸다

잔디밭에 노랑 장미
커다란 꽃송이가 탐스럽고
향기 또한 한 번 더
가까이 가게 한다

낱낱이 떨어지는 꽃잎
이제는 종자를 맺으려 하면
또 다른 꽃을 보려고
꽃대 한 마디를 잘라낸다

서리가 올 때까지
장미는 씨앗을 맺지 못하고
화려한 자태와 향기만

어쩜 애처롭다

빈털터리

길을 나서는 빈털터리
주머니엔 땡전 한 푼 없고
양말도 안 신고
반바지에 티셔츠에 모자
그리고 물푸레 지팡이
마음도 비우고
들길을 걸으니
모낸 논에는 푸르른 모
고추밭엔 고추 꽃
옥수수 밭엔 개꼬리뿐
아직 모두 빈털터리

일기예보에 폭염이라고
넘어가는 해가 따사롭다
하늘은 파란데
지친 동네 개들은
그늘에서 나오지 않고
휘적휘적 걸어가는
나는 발걸음이 가볍다

그러나
석현천을 돌아
집으로 돌아가는 내 가슴은
기쁨과 행복으로
꽉 찼다

울타리(fence) - 1

예전 어려서 서울 집은
나무판자 울타리
옹이구멍으로 들여다보기도 하고
가족이 밥상에 둘러앉은 저녁에
이웃집 개구쟁이 간지가
막대기로 판자를 긁고 지나가면
아버지는 깜짝 놀라 방문을 열던 곳

울타리 없는 시골로 이사 오니
옆집 할머니 수시로
내 밭에 들어가 걷어가고
서울 사람 이웃이라고
신기한 듯 아무 때나 들여다보네
동네 개들 가족들 데리고
갈아엎어 씨 뿌린 밭에 들어가 뒹굴고
지나던 사람 불쑥 들어와
이것저것 질문하네

이것이 시골 인심인가 놀라워라

할 수 없이 울타리를 치고
스스로 가두고 사는데
동네 밭에 나가니
모두 울타리를 치고 있네

고라니야
멧돼지야 오지마라

그림자

지팡이를 들고 나선 산책길
어느새 그림자가 앞장을 선다
일영교를 지나
월영교를 건너가니
그림자는 나를 따라오기 시작한다

석양에 나보다 키가 큰 그림자
내가 발을 디딜 때마다
그림자도 발을 디디고
석현천 뚝방을 지나치려면
그림자는 물속을 걷는다

녹슨 철로 건널목을 지나
피카소 사진이 걸린 갤러리 아래
난곡재로 들어오면
그림자도 방안으로 성큼

그림자와 샤워를 하고
잠자리에 함께 들어야지

기도

하느님 감사합니다.
제가 부모보다 더 오래 산 것에
자식들이 건강한 것에
노년이 편안한 것에
평생 꿈꾸던
자연 속에서 사는 것에

창밖의 푸르름을 보고 만지며
새소리 나무 개구리 소리를 들음에
장마의 지루함 속에서
맹꽁이 소리를 들음에
동네 이장의 안내방송
오토바이를 타고 편지를 넣어주는
집배원의 기척에

철도 건널목을 건너
집으로 오는 것

아내와 밤마다 전화 하는 것

하느님
더 감사한 것은
좋아하는 음악을 크게 틀며
집안에서 밭에서도
즐길 수 있음에 감사합니다.

밤에 만나요

나 잠들거든
그대 내 곁으로 오시오

짖는 개를 피해
빗장을 열 필요는 없소

그저 열린 문으로 들어와
내가 누운 침대 옆에
차가운 옷을 입은 채
이불을 들치고 들어오시요

나는 곤히 잠들었고
당신의 손길을 느끼고 싶소

눈을 뜨고 기다리다
어느새 감은 눈

당신은 내 꿈속에 있구려

새들이 울기 전에
떠나지 말아주오

오 내 사랑

블루베리 그리고 직박구리

10년이 넘은 블루베리 밭에
푸른 열매 가지가 휜다
무겁게 달린 열매를
소쿠리에 따 담으러
밭에 들어가면
열매 먹던 직박구리
소리 지르며
사과나무로 피신한다

"내 밥 다 따지 마오"
"내 먹이 남겨두시오"

건넛집 옥상 빨랫줄에
넘어가 나를 주시하고
이리저리 날아다니며
블루베리 다 따지 말라 지꺼린다

다 따고 새 밥으로 조금 남기려 하나
아직도 덜 익은 베리가 많아
누가 더 많이 먹나
직박구리와 경쟁 중

그래 너도 나 들어간 뒤
익은 열매 따 먹어라

헬로 워싱턴

오늘 아침 남녘에 태풍이 오면서 멀리 차 소리가 가깝게 들리고
바람이 나뭇잎을 스치는 소리가 마음을 쓸쓸하게 합니다.

왕 목사가 길 떠난 지 어느새 몇 달
이 아침에 처남이 보고 싶은 건 웬일일까요

왕 목사의 빈자리는
부인에게는 너무 큰 따뜻한 자리였고
딸과 아들에게는 무너진 자리이고
누이와 동생들에게는 믿음의 자리이고
신자들에게는 생명 의지의 자리인데
훌쩍 떠나 버렸네요.

남겨진 사람들은
더 보고 싶은 마음만 생기고
미안한 마음에 뉘우침만 생기고
그저 안타까울 따름이죠.

우리는 왕 목사를
더 깊은 마음속에 보물처럼 간직하고
아무도 모르는 시간에
왕 목사를 찾아내야 합니다.

그리고 왕 목사가
얼마나 우리를 생각하고

사랑했는지를 기억해야 하고
우리가 어떻게 되기를 바랄까를
생각해야지요.

얼굴에는 미소를
가슴에는 사랑을 품으며
왕 목사를 따라가야지요.

남겨진 사람들은
남겨진 소임을 다 하고
행복하게 사는 것이
바로 왕 목사의 바람이지 않을까요?

부인과 가족들이
더 힘들고 그립고 안타깝겠지만
이제는 내 삶에 충실한 것이
왕 목사의 설교 강론 중의 하나일 것입니다.

이제 눈물을 거두고
일상에 충실하며
하느님 나라에 웃으며 걸어가도록
준비하는 것이지요.

왕 목사를 기억하는 모든 이들이
평화롭게 행복하기를 기원하며
태풍이 오는 아침
몇 자 적어봅니다.

주님 왕 목사에게 평안한 안식을 주소서.
아멘.

여름

밤새 폭우 내리고
맑게 갠 아침
뜰로 나서니
코를 찌르는 백합 향기

나리꽃 피고
범부채꽃 피고
블루베리 익어 떨어지고
자두도 익어 마당 가득 떨어진다

금년 농사는 풍년이고
과일나무들은
너무 열매를 달아
가지가 부러질 정도

아침이면 소쿠리 들고
익은 블루베리 따고
토마토 따고
오이 호박도 따면
밥상에 오른다

날이 청명한데
뜰 안 가득 매미 소리
어젯밤
맹꽁이 소리 여름이 깊다

일영(日迎)

해를 맞이하는 곳
나는 일영에 산다

해는 빛이고 생명
구원이고
희망이다

해를 가린다면
암흑시대가 오고
빙하시대가 도래하리

해는 생명줄

해님
해도지

내 자식들 이름

나는 매일 일영日迎에서
해를 맞이한다

* 고유명사 – 해도지

해님(1)

엄마는 첫 아이가
너무 힘들고
임신 부작용으로
먹지도 못하고
다리는 계속 부어오른다

직장에선
남보다 열심이고
아이 가진 내색은 안보이고
힘이 든다

병원에서 출산한 아기는
1,600그램
조산에 체중미달

애비는 인큐베이터에 누운
누군가를 닮은 아이를
유리창 너머로 보기 한 달

퇴원해서 집으로 온 손녀딸
보배를 얻었다고 좋아하는 할머니
이마에 생명줄을 연결한 자국
예쁜 얼굴이 가리는구나

사랑하는 내 딸 조해님

해님 (2)

명동성당 경건한데
하얀 드레스를 입은
해님이는 천사

신부 화장을 한 딸
매스컴에 나오는 여인인 듯
참 곱다

내가 보는 눈만이 아닌 듯
수군대는 하객들의 속삭임

신부가 이뻐!

해도지

대학 시절
아들 이름을 정했다
'해도지'

아내는
딸을 얻은 뒤
공을 들여
아들을 낳았다
'해도지'

아내는 동회에 가서
'해돋이'라고 호적에 올리고
나는 다시 가서
'해도지'로 변경하고

내 아들은
'조해도지'다

선택된 아들은
정확히 확인 선택되었다

처음부터
원 하던 것을 찾아낸 기쁨
영원하다

지붕

밤새 폭우가 내리고
며칠씩 구름 낀 하늘
쏟아지는 폭우에
농작물은 쓰러지고
개천이 넘쳐나고
개들은 집에서 웅크린다

어두운 시간이 지나고
지붕 위로
푸른 하늘
하얀 구름
뭉게뭉게

힘차게 일어서는
농작물들
그리고
꼬리치는 개들

지붕위의 태양광 발전기
장마 비에 씻기고
작열하는 태양에
번쩍 번쩍 빛나는데
계량기는 거꾸로 돌아가고
발전기 소리가 들리는 듯
이만하면 충만하다

난곡재蘭谷齋의 그리움과 기다림의 행복

최 봉 희(시조시인, 평론가, 글벗 편집주간)

조선시대 파주와 연천 지역에는 존경할만한 문인이 한 분 계시다. 미수眉叟 허목許穆 선생이다. 평생 산림에 묻혀 글만 읽다가 50대 후반에 미관말직을 얻어 공무원 생활을 시작하였다. 나이 80에 정승 자리에 오른 후 자기 글들을 모아 스스로 문집을 만들었다. 그 책 이름은 『기언(記言)』이다. 그의 책에 남긴 자서(自序)를 살펴보자.

> 나는 말을 하면 반드시 글로 남겼고
> 날마다 살펴보며 힘썼다.
> 그 글들을 '기언(記言)'이라 한다.
> 言則必書 日省而勉焉 名吾書曰記言
> - 허목, 「기언(記言)」 자서(自序)

요즘 '노년의 행복'을 말할 수 있는 딱 어울리는 작가가 한 분 있다. 자연과 더불어 살면서 자신의 삶을 성찰하고 매일 매일 자연과의 더불어 사는 삶을 기록하고 있는 시인, 바로 난곡재 조칠성 시인이다.

2022년 계간 글벗 가을호에 시 부문으로 등단한 시인 조칠성 작가는 경기도 양주의 난곡재에서 14년 동안 자연과 더불어 살고 있다. 그의 시에는 나타난 시적 양상을 살펴보면 한마디로 긍정의 힘이 작용하고 있다. 내 앞에 놓인 어떤 삶이라도 긍정적으로 바라보는 것이다. 어떤 날이 다가오더라고 그날을 향해 두려움과 미움이 없다. 어쩌면 그가 가진 가톨릭 신앙에서 비롯된 것이 아닐까 한다.

겨울 지나고 봄이 오면
겨우내 덮었던
이불과 요 홑청을
세탁기에 넣고
하얗게 빨아 널다

초록색 잔디 위
두 나무 사이에 빨랫줄을 매고
새하얀 홑청이
파란 하늘 아래
깃발처럼 바람에 펄럭이면
내 마음 하얗게 씻겨낸다

뽀얗게 마른 홑청은
장롱에 들어가 쉬다가
찬 바람이 불면
다시 나와 그 소임을 다 하겠지

나도 어느 천주교회 성당
지하 장롱에 들어가 있다가
새봄에는 다시 나오리라

그때는 더 성숙되어 있겠지
– 시 「빨래」 전문

그의 삶은 빨래처럼 찬 바람이 부는 힘겨운 겨울을 이겨
내고 봄이 오면 빨래를 하고 자연 속에 말린다. 그리고 다
시 또 겨울을 준비한다. 늘 신앙을 통해 자신의 삶을 성찰
하고 봄을 기다리는 삶을 사는 것이다. 그는 72년 동안 도
시에서 살아왔다. 그러다가 자연을 찾아서 현재 삶을 살고
있는 것이다.

　　　3호선 열차를 타고
　　　내린 곳은 안국역
　　　1번 출구로 나간다

　　　양반들이 살던
　　　전 대통령 윤보선 도로가 있는
　　　별궁이 있던
　　　기와지붕이 맞닿은

　　　1번 출구 앞에서 만난 친구
　　　기와지붕에
　　　제비가 깃드는 집
　　　안방으로 신 벗고 들어가
　　　청국장과 된장찌개
　　　그리고 간재미 무침과
　　　파전에 막걸리를 시키면

　　　꽁치 조림과 시래기 무침
　　　시금치나물 깍두기와
　　　몇 가지 반찬이 더 나오고

간장이 올려 있고
김도 통에 들어 있다

구수한 친구들은 현재 보다
과거 이야기를 더 나누고

미래에는 여행을 가자고
일정을 잡는 곳

밥상에 늘 간장이 놓이듯
친구들은 언제나
간간하고 짭조름한
인품이 적당하다

서울 장안
안국역
1번 출구
내가 72년을 사는 도시다
－ 시 「1번 출구」 전문

 그리고 시인은 혼자 살면서 다가올 미래의 날을 친구들과
여행을 꿈꾸면서 더불어 사랑하겠다고 말한다. 그에게 삶
의 1번 출구는 다름 아닌 친구를 만나는 즐거움에 있는 것
은 아닐까 싶다. 오늘도 1번 친구에서 친구들을 만나고 수
다를 떨면서 내일의 여행을 계획하는 것이다.

그에 시에 나타난 다양한 시적 정서를 살펴보자.

첫째는 그리움과 기다림이다. 시인은 교육자이자 음악가
요 가톨릭 신자다. 그의 삶에는 항상 자연이 있고 음악이
있고 종교가 있다. 그래서 눈부신 태양과 산, 그리고 첼로
가 연주되는 삶 속에서 그는 가족의 만남을 꿈꾼다.

일어나 커튼을 젖히면
눈부신 태양을 기대하지만

하늘은 뿌옇고
먼 산은 보이지 않는다

회색빛 짙은 천지에
내 마음은 가라앉고
첼로 소리 은은하다

풀어놓은 개들은
서로 쫓고 쫓기고
서로 몸을 부딪치며
한 가족임을 확인하는데

나는 차가운 집에서
회색 경치를 보며
홀로됨을 느낀다

내일은 태양이 뜨고
따가운 햇빛이 비치면
따뜻한 집에

가족들이 발길을 하리
　– 시 「흐린 날」전문

　시인은 혼자가 아니다. 아내가 있고 가족이 있다. 자신은 가족을 떠나서 양주의 난곡재에서 자연과 함께 산다. 그 때문에 사랑하는 아내는 떨어져 살고 있다. 물론 때마다 방문하여 해후의 기쁨을 맛보지만 늘 그리움으로 사는 것이다.

　그녀는 혼자 삽니다

　예고 없이 방문해서 꺼내놓은 것은
　밭에서 금방 딴 블루베리
　그리고 오이고추와 청양고추

　어제는 그녀 생일인데
　언니와 올케가 시내 음식점에서 보내고
　오늘은 삼계탕을 먹으러 갑니다

　두 마리를 시켜서 한 마리는 포장
　그녀의 냉장고에 들어가고
　한 마리는 둘이 나누어 먹고
　회의를 다녀와서 그녀 집에 다시 가니
　반찬을 싸주는데
　애호박볶음 무채 나물 오이지무침
　작은 그릇에 담아주며
　올 때는 미리 알려주면 좋겠다고
　작은 그릇에 담긴 적은 반찬이
　사랑으로 가득하다

난 행복으로 벅차다
여보 사랑해요
- 시 「혼자(1)」 전문

 부부의 사랑은 애틋하고 따스하다. 그래서 시인도 아내도
혼자가 아니다. 혼자가 아님을 역설적으로 표현한 것이다.
한마디로 행복이 가득하게 넘친다. 밭에서 지은 농산물을
아내에게 나누는 행복, 그리고 아내가 싸준 반찬에 행복이
그득하다. 그의 시에 담긴 혼자 사는 행복이자 그리움이다.

       혼자 이 숲에 사는지 14년
       난 행복하다
       아내도 있고 자식도 있고
       손주도 있고 사위도 있다
       그래서 행복하다

       내 숲에는
       소나무도 있고
       감나무도 있고
       살구나무도 있고
       배나무도 있고
       사과나무도 있다
       온갖 과일이 다 있다
       그래서 행복하다

       내 남새밭에는
       상추도 있고
       고추도 있고
       호박도 있고
       토마토도 있고

당귀도 있다
가을에는 배추와 무도 있다
그래서 행복하다

내 집에는
박새가 날아오고
직박구리가 날아오고
곤줄박이가 날아오고
참새가 날아오고
뻐꾸기도 날아 온다
내 집에는 블루베리, 해바라기
자두, 머루, 다래가 있어
새들이 행복하다
겨울이면 소기름도 먹을 수 있지

은은한 장미향이
스쳐 지나가고
찔레꽃 향기가 스치고
쥐똥나무 향기가 스치면

나는 마치 어디서
뛰놀던 손주가
내 가랑이 사이 품으로 달려들 듯
깜짝 놀란다

그렇게 행복이 기습적으로 온다
그 행복이 여긴 많다
– 시 「혼자만의 행복」 전문

시인은 가족이 있으나 자연과 함께 14년을 살고 있다. 그
럼에도 시인은 늘 옆에 가족이 있고 자연이 함께 있으니

행복하다고 말한다. 그리고 그 행복은 기습적으로 온다고 말한다. 이는 긍정의 힘에서 비롯된 자신의 행복 찾기에서 연유된 삶의 행복이 아닐까 한다.

 그에게는 딸 '해님'과 아들 '해도지'가 있다. 자연에 사는 시인이라서 그럴까? 자녀들의 그 이름도 예쁘다. 하지만 자녀들의 양육은 그리 쉽지 않았다. 어려운 산고 끝에 낳은 딸에 대한 사랑을 이렇게 표현한다.

　　엄마는 첫 아이가
　　너무 힘들고
　　임신 부작용으로
　　먹지도 못하고
　　다리는 계속 부어오른다

　　직장에선
　　남보다 열심이고
　　아이 가진 내색은 안보이고
　　힘이 든다

　　병원에서 출산한 아기는
　　1,600그램
　　조산에 체중미달

　　애비는 인큐베이터에 누운
　　누군가를 닮은 아이를
　　유리창 너머로 보기 한 달

　　퇴원해서 집으로 온 손녀딸
　　보배를 얻었다고 좋아하는 할머니
　　이마에 생명줄을 연결한 자국

예쁜 얼굴이 가리는구나

사랑하는 내 딸 조해님
- 시 「해님(1)」 전문

딸에 대한 아버지의 사랑이 넘친다. 결혼식에서 드레스를 입은 딸을 보고 천사처럼 그리고 텔레비전에 나오는 연예인처럼 예쁘다고 하객들의 말을 빌려서 그렇게 사랑을 표현한다.

명동성당 경건한데
하얀 드레스를 입은
해님이는 천사

신부 화장을 한 딸
매스컴에 나오는 여인인 듯
참 곱다

내가 보는 눈만이 아닌 듯
수군대는 하객들의 속삭임

신부가 이뻐!
- 시 「해님(2)」 전문

시인의 자녀 이름이 특이하다. 아들 이름이 '해도지'(해돋이)다. 처음부터 원하던 이름을 찾았기에 그 이름은 영원하다고 말한다. 그 영원은 아마도 사랑과 행복을 말하는 것이리라.

대학 시절
아들 이름을 정했다
'해도지'

아내는
딸을 얻은 뒤
공을 들여
아들을 낳았다
'해도지'

아내는 동회에 가서
'해돋이'라고 호적에 올리고
나는 다시 가서
'해도지'로 변경하고
내 아들은
'조해도지'다

선택된 아들은
정확히 확인 선택되었다

처음부터
원 하던 것을 찾아낸 기쁨
영원하다
- 시 「해도지」 전문

긍정적인 삶을 사는 사람들의 특징은 하루하루를 소중하
게 여기며 살아간다. 시인도 마찬가지다. 난곡재라는 고요
한 성소에서 시인은 노래하다.

대문은 열려 있고

창문도 잠기지 않았소
개들은 온순하며
묶여 있다오

처음 이곳에 왔을 때는
기차가 지나다녔는데
10년이 지나면서
이제 기차는 다니지 않소

창밖에는 푸른 하늘만 보였는데
어느새 고가도로가 생겨
차들이 질주하오

나는 여전히 이곳에서
기다리고 있다오

비 오는 날
대문을 밀치고
살며시 오시오
내 가슴의 그대
당신!
- 시 「기다림」 전문

  기차는 다니지 않고 고가도로가 생긴 난곡재에서 시인은
누군가를 기다린다. 사랑하는 사람을 기다리는 것은 힘든
일이다. 게다가 언제 올 것인지, 정말 오기는 오는 것인지
확실치도 않은 사람을 기다리는 시간은 외로움으로 가득
채워질 수밖에 없다. 세상에서 기다리는 일처럼 가슴 아리

는 일은 없을 것이다. 시인은 자연 속에서 누군가를 기다
리면서 시를 쓰는 것이다.

　　지니야!
　　네
　　TV 틀어줘
　　TV를 틀어 준다

　　지니야!
　　네
　　90번 틀어줘
　　90번 클래시카 채널을 틀어 준다

　　GiGA Genie는
　　혼자 사는 난곡재에서
　　대화를 나누는
　　살아 있는 여인이다

　　진희야! 진희야!
　　네, 하실 말씀이라도 계신가요?
　　너 아름답구나
　　너 곱구나
　　‥‥‥‥

　　그건 못 알아듣는구나

　　지니는 기계로구나
　　- 시 「진희」 전문

　자신을 돕는 인공 지능 기계 '지니'가 있지만 자신의 마음
을 알아주지 못한다. 그 때문일까? 시인은 무언가 소통을

위해서 끊임없이 시를 쓴다.

　어쩌면 난곡재는 시인에게 그리움의 공간, 그리고 기다림의 공간이자 고요한 성소가 아닐까? 나의 모든 생각을 받아들이고 다듬고 추스를 수 있는 곳, 어떤 아픔과 갈등도 잠재우는 곳, 무엇보다도 지친 영혼을 쉬게 하는 공간이다. 때로는 내 잘못된 생각과 말, 그리고 행동을 용서하고 나를 위로하는 곳이리라.

집을 나서는 나에게
건네준 보따리

난곡재에 와서
보따리 펼쳐보니

물김치와 시래기를 무친 것
커다란 조기 세 마리

한 마리는 구운 거
두 마리는 안 구운 거

냉장고에 넣었다가
구운 조기는 저녁에 데워 먹고

다음날 냉장고 열어
싱싱한 조기 2마리 꺼내서
번철에 노릇노릇 구웠다

아내는 내가 등 푸른 생선은 안 먹게
흰 살 생선 소금 간은 적게 한다

조기 간이 슴슴하니 맛나다

아내 마음 따뜻하다
- 시 「조기 세 마리」 전문

본가에 들려서 아내에게서 받아온 조기 세 마리를 받아들고 난곡재로 돌아와서 요리해서 즐기는 행복을 적은 시다. 물론 가족과 떨어져 사는 삶 속에서 그 사랑의 애틋함이 녹아 있다.

난곡재엔 장화가 두 개
여름 장화 그리고
속에 털 있는 겨울 장화

어린 시절 서울 대문 밖에는
마누라 없이는 살아도
장화 없이는 못 산다네

봄철 땅이 녹으면
온 동네가 질펀거리고
여름철 장마 지면
온 동네가 물 천지

난곡재
물 좋아하는 식구들 많아
겨울에도 밭에 갈 땐 장화
사시사철 밭에 나갈 땐 장화

난곡재
나는 마누라는 없는데
장화는 두 개나 있네
- 시 「장화」 전문

자신의 존재감을 시「장화」로 표현한다. 아내가 없지만 친구 같은 장화가 있는 것이다. 그의 삶의 친구이다. 그뿐인가 그에게 또 다른 친구들이 있다. 바로 들꽃들이다.

나 거기 있는지
아무도 모른다
무심코 대문을 나서다
발길을 멈춘다
거기 누군가 있다

눈에는 안 보이고
코끝으로 느끼는 감각
분명 거기 누가 있다

대문 안을 두리번거린다
거긴 없다
대문 밖을 두리번거린다
아! 저기 있다

하얀 얼굴을 하고
일곱 개의 잎들 사이로 핀 찔레꽃!

찔레꽃이
향기를 발해
자신의 존재감을 드러내건만
오늘 이제야 알아보았다.

밝은 태양 아래 활짝 핀
난곡재 담 위 찔레꽃
– 시「존재감」전문

조칠성 시인도 매일 매일 시를 쓴다. 자신의 존재감을 그렇게 드러내는 것은 아닐까? 찔레꽃처럼 살고 싶은 것이다. 시의 향기를 발해서 자신의 존재감을 드러내고 싶은 소망이 있는 것이다. 그래서 어쩌면 난곡재에서 사는 것이 아닐까 한다.

나는 조칠성 시인을 생각하면 조선시대 후기 문신 미수眉叟 허목許穆 선생이 떠오른다.

미수 허목이 직접 엮은 『기언』의 마지막 편, 즉 67권에 유명한 '자명(自銘)'이 있다. '자명'이란 스스로 쓴 묘비명을 말한다. 나중에 죽은 뒤 무덤에 '이런 글을 세우겠다.'는 의미다. 실제로 돌에 새기기 위한 용도보다는 자신의 인생을 돌아보는 의미가 강하다. 미수 허목은 86세 때, 130개의 한자로 된 간명한 자명을 남겼다. 한번 읽어보자.

> 늙은이는 허목 문보(許穆文父)라는 사람이다. 본관은 공암(孔巖)이다. 한양(漢陽)의 동쪽 성곽 아래에서 살았다. 늙은이는 눈썹이 길어 눈을 덮었으므로 스스로 호를 미수(眉叟)라고 했다. 태어날 때부터 손에 '문(文)' 자 무늬가 있었으므로 또한 스스로 자를 문보라 했다. 늙은이는 평생에 고문(古文)을 매우 좋아했다. 일찍이 자봉산(紫峯山)에 들어가 고문으로 된 공씨전(孔氏傳)을 읽었다. 늦게야 문장(文章)을 이루었다. 그 글이 대단히 호방하면서도 방탕하지 않았다. 특별한 것을 좋아하고 혼자 즐겼다. 옛사람이 남긴 교훈을 마음으로 추구하여 항상 스스로를 지켰다. 자기 몸에 허물을 줄이려고 노력하였는데 잘하지는 못하였다. 그 자명은 다음과 같다.

말은 행동을 덮지 못하고(言不掩其行)
행동은 말을 실천하지 못했다(行不踐其言)
시끄럽게 성현의 글 읽기만 좋아했지(徒嘵嘵然說讀聖賢)
그 허물은 하나도 보완한 것이 없었다(無一補其釁)
이에 돌에 새겨(書諸石)
뒷사람을 경계한다(以戒後之人)
 -『기언』제67권 '자서 속편(自序續編)' 중 「허미수자명
(許眉叟自銘)」

"말은 행동을 덮지 못하고, 행동은 말을 실천하지 못했다."는 말은 읽을수록 경건한 문장이다. 겸손함을 넘어선 자기비판과 반성이 통렬하게 꽂힌다.
 조칠성 시인의 시 작품에도 자명(自銘) 같은 시 작품이 있다. 바로 시「쥐똥나무」다.

현관문을 열고 나오니
은은한 향기 내 발길을 이끈다
향기를 찾아간 것은
쥐똥나무꽃

아주 작은 꽃들이
은은한 향기를 발산하고
울타리에 심어진 쥐똥나무
난곡재를 향기롭게 하네

가을이면 쥐똥같이 익어
길에서 채취해서 뿌린 씨앗
향기는 좋은데 이름은 좀 그렇다

나도 이름과 향기가
제대로 뿜어낼지 알려면
저세상엘 가야 하나

발걸음을 멈추게
향기를 만들어야지
- 시 「쥐똥나무」 전문

  시인의 발길을 이끌 만큼 쥐똥나무의 향기가 그윽하다.
이름이 좀 그렇지만 작은 꽃의 향기가 은은하게 난곡재를
휘감아 도는 것이다. 시인 자신도 쥐똥나무처럼 문객들의
발길이 멈출 수 있도록 시의 향기를 창조하고픈 것이다.

가을 아침
일어나면 뒷마당으로 가서
떨어진 알밤을 줍는다
반질반질 윤이 나는 알밤
가시 옷을 벗고
부모님 제상에 오르려고
때맞추어 익어 떨어진다

금년에도 알밤
부모님께 가는 길에
손주들 난곡재 뒷마당에 와서
알밤 줍는 재미를 본다

엊그제까지 주운 알밤
가위로 깎아서
제사상에 올리고
손주들이 주운 알밤
반짝반짝 알밤

삶아서 숟가락으로 파먹네

회초리 같은 묘목 심어
열매 열어 즐거움 준다

다음 해에는 더 많이 열리거라
동지에 거름 듬뿍 주리라
– 시 「알밤」전문

　난곡재 뒷마당에 밤나무가 있다. 시인은 밤나무를 가꾸면서 수확의 기쁨과 나눔과 돌봄으로 가족의 행복을 도모한다. 앞에서 말한 것처럼 난곡재는 시인에게는 그리움과 기다림의 공간이자 고요한 성소요 행복의 공간이다.

삼각산 뒷자락 장흥에
250평 밭이 있는 농가주택
땅을 대충 다지고 패널(panel)로 짓고
붉은 벽돌로 마감한 30평 농가주택
입주하며 6미터 유리문과
50밀리 스티로폼과 비닐 널빤지로
벽을 다시 마감하고 집 안 벽도 허물어 텄다
지붕에는 태양광을 설치하고
마당을 가로지르는 옆집 아주머니와
집 없는 개들이 밭을 흩트리는 걸 막고자
펜스를 둘러치고 마당에 모래를 몇 차 부려서 폈다
롤 잔디를 밤늦도록 혼자 즐겁게 심었다
밭에는 감자, 토란, 곤약, 배추, 무, 고추,
각종 쌈채를 심으니 먹을 사람도 없고 힘만 든다
회초리 같은 묘목을 천원 이천 원에 사서 심으니
그거 언제 결실을 얻느냐고

그러나 좋은 종자를 접붙이면 2~3년 내로
결실 얻는다는 걸 모르는 사람 말이다
지금은 사과 열리고 배, 감, 매실, 대추, 밤, 호두,
자두, 살구, 포도, 머루, 다래, 오미자, 온갖 과일이
철철이 풍성하다
강남 30평 아파트 가격이면
난곡재 같은 농가주택은 4채나 가질 수 있다
나는 오늘도 밭에 나가서
내년에는 더 좋은 결실을 얻으려고 돌본다
이제는 나무가 원하는 소리를 들을 줄 안다
밭떼기 옆으로 해바라기를 심어
난곡재로 날아오는 새들을 위해 먹이로
겨우내 거두지 않을 거다
그리고 소기름도 나무에 매달아
새들의 겨울 단백질 공급을 하리라
그러면 새들은 봄이 되면
여기저기 달아둔 인공새집에서
짝지어 알을 낳고 새끼를 키워
하늘 높이 날며 노래하리라
정원에 나가서 컴퓨터를 연결하고
좋은 스피커를 연결해서
음악을 들으며 지나온 세월을 돌아보고
인터넷으로 구입한 책도 읽고 낮잠도 잔다

밤이 되면 도시 가로등이 밝아
별이 잘 보이진 않지만
해가 지면 켜지는 솔라 등불이 마당을 비추고
각양각색으로 빛나는 것도 보기 좋다
빔 프로젝트와 스크린을 설치하고
한밤중 영화 한 편을 달빛 아래서 보는 것도
난곡재의 즐거움이리라

가을이 되면 마당의 남방계 식물을
집안으로 들이는데
천사의 나팔꽃은 온 집안에 향기를 퍼주고
백향과 패션 프루트는 겨울에도 꽃을 피우고
열매를 맺으려고 한다.
뒷산에 올라 오봉산을 바라보는 것도
난곡재 삶의 즐거움이다
  - 시 「난곡재(蘭谷齋)」 전문

 난곡재는 사랑의 공간과 행복의 공간이다. 시인에게 그리
움의 공간이자, 기다림의 공간, 행복(즐거움)의 공간이다.
사랑은 시간을 거스르는 힘이 있다. 사랑하면 아침마다
떠오르는 해가 유난히 반짝이고, 해마다 꽃이 피는 봄이
다르며, 늘 보던 자연이 달라 보이고 곁에 있는 사람이 늘
새롭게 보이는 법이다.
 결론적으로 조칠성 시인의 시적 사랑은 날마다 기적을 일
으킨다. 오늘도 새로운 날을 맞이하면서 새로운 글을 쓰기
때문이다. 늘 일기처럼 쓰는 글에 사랑과 행복이 넘쳐난다.
사랑하면 나이와 세월을 잊는다고 했지 않았던가. 조칠성
시인이 매일 쓰고 맛보는 시가 바로 사랑의 기쁨이고 행복
의 순간이 아닐까 한다.
 지금껏 그의 첫 시집 『난곡재의 행복』에 나타난 조칠성
시인의 시적 양상을 살펴보았다. 지속적인 삶의 탐구와 글
사랑을 통해 그의 시심이 더욱 빛이 나길 소망한다. 시인
의 건승과 건강을 응원한다.

■ 글벗시선170 조칠성 시집

난곡재 蘭谷齋 의 행복

인 쇄 일 2022년 9월 13일
발 행 일 2022년 9월 13일
지 은 이 조 칠 성
펴 낸 이 한 주 희
펴 낸 곳 도서출판 글벗
출판등록 2007. 10. 29(제406-2007-100호)
주   소 경기도 파주시 와석순환로 16,(야당동)
          롯데캐슬파크타운 905동 1104호
E-mail   fspmlove@hanmail.net
전화번호 031-957-1461
팩   스 031-957-7319
가   격 12,000원
I S B N 978-89-6533-219-0 04810